113.00

Rezalište

Od istog autora u izdanju Frakture:
Elijahova stolica
Dvorac u Romagni
Povijest poplave
Pravo na pobunu
Dobro došli u pustinju postsocijalizma
Državljanin, građanin, stranac, neprijatelj
Brašno u venama, Flour in the Veins

Igor Štiks

Rezalište

roman

Fraktura

© Igor Štiks i Fraktura, 2017.

Sva prava pridržana. Nijedan dio ove knjige ne smije
se reproducirati u bilo kojem obliku bez prethodnog
dopuštenja nakladnika.

All rights are represented by Fraktura, Croatia.

ISBN 978-953-266-891-9

CIP zapis dostupan u računalnom katalogu Nacionalne
i sveučilišne knjižnice u Zagrebu pod brojem 968585

Vrijeme ne vraća izgubljeno; za slavu vječnost ga čuva,
i za vatru, također.

Jorge Luis Borges, Teolozi, *Aleph*

Aperitiv

Staromodno. Ta joj se riječ uporno vraćala dok je spremala večeru za Vladimira, svog sina, njegovu suprugu Helenu i unuka Davida. Danas su se vratili iz Amerike, iz Chicaga, nakon dvadeset i pet godina.

Uzdrmala ju je činjenica od tih dvadeset i pet godina, kao da joj se zbir svih tih dana – a svaki od njih, i svaku noć, činilo joj se, jedva je izdržala – upravo razotkrio u svojoj zastrašujućoj praznini. Trčala je danas, između stana i tržnice, između kuhinje i trpezarije, između sobe i kupaonice. Obući će se "svečano", rekla si je, kao što nije godinama. Kao što nije dvadeset i pet godina! Nije ni bilo svečanosti, uostalom. Kada se na koncu pogledala u ogledalo – *staromodno*. Onda je odmah potrčala da provjeri da kokoš nije izgorjela u pećnici. Nije.

Klement je šutio skoro cijeli dan. Čitao je novine u salonu, mrmljao sebi u bradu, komentirao, psovao, čudio se, olovkom prekrajao članke, svađao se sa svijetom. Kao i svaki dan, uostalom. Još je onda, u ratu, počelo. Sve te godine koje nisu ni brojili, mislila je Nadia, jer su ostali iza njih, kao i njihova odjeća. I sad kad je vrijeme ponovo počelo teći, Nadia se osjetila staromodnom.

* * *

"Samo što nisu stigli", dobacila mu je u prolazu, postavljajući stol, ne da bi ga obavijestila o onome što je i sam znao, već da prekine tišinu. Klement se nije osvrnuo. Nadia se odmakla od stola.

"Joj, kako mi ovo izgleda?!"

"Kasne, kasne..." Klement je i dalje čitao svoje novine. "Ma gledaj ti to?!"

"Što?" Nadia je rekla znajući da Klement govori samom sebi.

"Šta li samo rade, mili Bože!"

"*Ja* kasnim, to je problem."

"Samo polako, Nadia. Samo polako. Uvijek si se žurila."

Nadia se nečujno podsmjehnula. Ipak ju je čuo iako nije ni podigao pogled sa članka.

"Kao da ne znaš da je žena tvog sina uvijek imala pomalo opušten odnos s vremenom."

"Žena tvog sina..." ponovila je vrteći glavom.

Onda je konačno spustio novine i okrenuo se prema

njoj. "Ma šta ti misliš kako je on uspio doktorirati? A, Nadia?"

Nadia je zastala da ga sasluša. Sve je bilo bolje od tišine. Da, počelo je još u ratu. A nakon rata? Osim čitanja novina, gledanja televizije, samotnih šetnji na koje je sve rjeđe odlazio, Klement nije radio ništa drugo. Niti je puno govorio. A ona? Kupovanje namirnica, plaćanje računa, brisanje prašine u sobama otišlih sinova... I tišina.

"Hajde, reci mi. Kako?" ponovio je.

"Jedva čekam da mi kažeš."

"Pa čekajući nju da se spremi za izlazak!"

Klement je prasnuo u smijeh. Nadia je otišla u kuhinju, smiješeći se. Taj je štos davno ukrao od Groucha Marxa. Bilo mu je drago da ga se baš sada sjetio. U pravom trenutku! Još uvijek je mogu iznenaditi, pomislio je slavodobitno. Još uvijek.

"Nadia, Nadia, a ti se i dalje žuriš..."

Začulo se zvono na vratima.

"Aha! Evo ih, ipak! Hajde otvori!"

Klement kao da nije čuo ni zvono ni Nadiju. Čitao je paragraf do kraja, polako, mičući usnama. Potom je drmao glavom lijevo-desno, kao da ga autor nije sasvim uvjerio.

Zvono se čulo još jednom.

"Čuješ li ti?!"

Klement je mirno presavinuo novine, bacio ih na stolčić i polako ustao iz fotelje.

"Čujem, čujem, Nadia... Još uvijek!"

Dvadeset i pet godina, ponovila je samoj sebi i duboko udahnula i potom izdahnula.

"Ako čuješ, onda otvori!" viknula je.

Zakopčao je dugme na sakou i pogledao na sat.

"Samo pola sata kašnjenja. Sve se ipak mijenja."

* * *

Spazio je svoje lice u malom ogledalu pored vrata. Zastao je. Prešao je dlanom preko brade. Dobro je. Jutros se brižljivo obrijao. Pripremao se za ovu priliku cijeli dan. Obukao je svoje najbolje odijelo. Kupio ga je na posljednjem poslovnom putovanju u Pariz. Prodavač ga je upitao za koju priliku kupuje to divno odijelo. Nije znao odgovoriti.

"Imate li djece?" upitao je.

"Da", odgovorio je Klement. "Sinove."

Dobro se sjeća kako je osjetio ponos i zbog sinova i zbog činjenice da je to znao reći na francuskom.

"Možda za njihovu ženidbu onda?"

Klement je odmahnuo rukom (tada ih još nije mogao zamisliti oženjene), ali je dodao, "Da, ovo bi bilo savršeno odijelo za svadbe."

"*Voilà!*" prodavač je pljesnuo rukama.

"Ili, odlazak u penziju?" dodao je Klement sjetno.

Prodavač se teatralno namrštio.

"Još ste vi mladi, *monsieur*, hej!"

Godila mu je ova površna laskavost. Kupio je odijelo i osjećao se sjajno tog proljetnog dana 1990. godine u Parizu, na bulevaru Saint-Germain, ispod crkve Saint-Germain-des-Prés, gdje je popio suviše skupu kavu u Les Deux Magots kako bi o tome mogao pričati sinovima. Često su spominjali Sartrea. Zavidjet će mu na tom doživljaju.

U tom trenutku Klement je iza sebe imao jednu egzemplarnu karijeru i život. Pun borbe, ali i brojnih ostvarenja. A ispred sebe? Bio je tek na sredini pedesetih, još mlad, još čvrst, još privlačan, polaskao je sam sebi. Bio je ponosan. Zadovoljno se smiješio dok je pio tu kavu pušeći *Gitanes* bez filtera.

"Iz Pariza", odgovorit će nonšalantno kad ga budu pitali za odijelo na toj budućoj svečanosti, "bulevar Saint-Germain, dvjesto metara od Deux Magots. Ne možete promašiti."

Ipak ga je zabrinulo što je toliko novca potrošio na sebe.

Obući će to odijelo samo jednom, do večeras. Nadao se nekim drugim svetkovinama tada, u Parizu, kada je još uvijek bilo moguće nadati se.

Zvono je opet zazvonilo. Trgnuo se i odlučno otvorio vrata.

* * *

"Pa gdje ste vi, bogamu!" dreknuo je i prije nego što su stigli bilo što reći, kao da i nisu prošle sve te godine.

Nije bio spreman na sentimentalnosti. Vidjevši ih pred sobom, klecnula su mu koljena. "Hajde, ulazite, ulazite!"

Nadia je brzo stigla. Pljesnula je rukama.

"Bože moj!"

"Stigli smo, stigli!" rekao je Vladimir da nešto ipak kaže. "Evo nas!"

Zagrlili su se. Pomalo nespretno i ukočeno.

"Znači, ti si David!" uzviknula je Nadia i pokušala ga zagrliti. David se izmigoljio.

"Nadia, pusti malog", dobacio je Klement, "kao da je njemu do grljenja!"

Potapšao je Davida po ramenu, gledajući ga s divljenjem, pitajući se na koga od svih njih liči. "Ma šta stojimo tu. Uđite unutra."

Prešli su u salon. Gledali su se, bez riječi, zbunjeni.

"Gdje ste se smjestili?" pitao ih je Klement kako bi prekinuo zanijemjelost koja ih je obuzela.

"Našli smo neki zgodan hotel", progovorio je Vladimir. "Dok se ne oporavimo od puta i unajmimo stan."

"Pa mogli ste i ovdje. Ne razumijem zašto dajete pare..."

"Bolje je ovako, mama. Lakše je."

"Ako je vama lakše, onda u redu, ali ipak..."

"Prošlo je toliko godina! Još ne mogu vjerovati da smo ponovo ovdje", Helena je rekla skidajući kaput. Nadia je primijetila da je skup. I *moderan*. Kao i Helenina frizura. Haljina joj je ipak preuska, za njene godine.

"Helena, izgledaš božanstveno!" uskliknula je Nadia.

"Malo sam se dotjerala." Zacrvenjela se. Neprikladno, pomislila je Helena, pokušavajući spustiti haljinu naniže. Sad je gotovo.

"I oprostite što kasnimo. Ja sam kriva."

Klement je slavodobitno pogledao Nadiju koja je zakolutala očima.

Vladimir je još bio zadihan od penjanja na pet kat.

"Uh, zaboravio sam da nema lifta."

"A kako je tek meni!" Nadia je uzdahnula. "Svaki dan tako, gore-dolje. A moje noge..."

"Vi ste se u Americi malo razmazili. Tamo je sve

na dugme. Ja se još uvijek penjem bez problema, i u ovim godinama!" Klement je digao prst kao da i njime potvrđuje svoju vitalnost. Potom se naglo okrenuo Davidu. "A ti, Davide, kako si, sine? Kako je prošao put?"

David je izvadio slušalice iz uha. "Fine, fine", odgovorio je nevoljko i slegnuo ramenima.

Vladimir se okretao oko sebe, opčinjen činjenicom da se baš ništa nije promijenilo. "Sve je isto. Čak i miris."

"Ovdje se stvari ne mijenjaju, kao što vidiš", zaključio je Klement sjedajući u svoju pohabanu fotelju. Odjednom mu je ponestalo snage.

Vladimir je sjeo u fotelju pored njega. Gledao je i dalje zadivljeno oko sebe. Dom. Ovo je nekada bio naš dom. Ovdje smo odrasli. Ovdje smo došli na svijet. Odavde smo otišli u svijet.

David se šetao po stanu, gledao slike, promatrao sve te zastarjele i neobične stvari u salonu, uzimao u ruke staklene figurice s polica, vraćao ih na mjesto pažljivo, zbunjen njihovim samim postojanjem. Na koncu, izvadio je telefon i slikao. "Wow! This is really old, man." Prišao je Heleni i nešto joj prišapnuo.

Ona kao da ga nije čula. Opet je u ovom stanu, nakon dvije i pol decenije. Tako si je rekla, kao da podvlači količinu proteklog vremena. Kada je bilo posljednji put? U kaosu odlaska, panike, straha, strepnje i obećanja brzog povratka. Dogovor za skori sastanak, zagrljaji, posljednji poljupci. Otići daleko od svega, ako *ovo* potraje. Bili su tako mladi kada je prvi put ušla u ovu kuću. David joj je i dalje nešto govorio.

"Šta sad?!" dreknula je ni ne pokušavajući ga razumjeti. Potom ga je konačno poslušala i odmah se namrštila. "Davide, došli smo kod bake i djeda. Molim te!"

"Šta hoće?" pitao je Klement znatiželjno.

"Internet."

"Imamo ga!" uzviknuo je Klement. "Nismo baš sasvim za otpad."

"Davide, zaboga!" dobacio je Vladimir.

"O.K., O.K.", David je sjeo na trosjed, zagledan i dalje u ekran svog telefona. Helena je vidjevši Nadiju kako donosi tanjure upitala može li pomoći pri pripremanju stola.

"Ne, nije potrebno." Nadia je bila odsječna, učinilo se Heleni.

"Ali, molim vas."

"Ne, ne. Meni će moj unuk pomoći."

Nekad sam je zvala *mama*, pomislila je Helena. Sada me čak strah da joj se obratim. Što li sada misli o meni? Što li je mislila o meni, onda? Kraljica i njezini muškarci. Mislila je da neću dugo trajati. Mladenačka ljubav. I gotovo. A evo me opet, nakon dvadeset i pet godina. Žena njenog sina, majka njenog unuka.

David je otišao s Nadijom u kuhinju. Helena se vrpoljila i pokušala spustiti haljinu prema koljenima. Pretjerala sam. Bože, šta je meni? Pogledala je Vladimira. Kako li se on osjeća? Ništa se ne vidi na njemu. Izvadio je bocu viskija i pokazuje ju ocu.

"Šta ti je to, bogati?"

"Viski. Single malt."

"Opa! Viski se pije!"

"I to *single malt*! Možemo si priuštiti", zadovoljno je rekao Vladimir. Helena je ponavljala te riječi u sebi... *možemo si priuštiti*... Sretan je da može zadiviti oca.

"Nadia, mogla bih ipak i ja nešto..." Nadia je samo odmahnula rukom ostavljajući je da stoji tamo, u visokim potpeticama, ne znajući kamo će sa sobom.

Klement je oprezno otpio gutljaj viskija, kao da se boji da ne prospe ni kap tog skupog pića, i potom otpuhao sa zadovoljstvom.

"Medicina, zar ne?"

"Vraća iz mrtvih!" Klement je potvrdio oduševljeno.

"Inače, kad smo kod medicine, kako zdravlje?"

"Super!" Klement je rekao odlučno. "Ništa mi ne fali. Zašto?"

"A tvoje srce?"

"Ma, moje srce... ova tableta, ona tableta... Nemam ja nikakvih problema, samo mi tlak skoči kad vidim ovo." Pokazuje mu na novine pa ih ponovo uzima u ruke. "Pa šta je to u tom svijetu?! Svuda nered, a bogatima nikad bolje! Šta ti kažeš na to? Ti si ipak profesor, doktor ekonomije, i tako to."

Nadia se nasmije u sebi. Brzo su počeli, kao da je bilo jučer kada je Vladimir otišao. Ruka joj je ipak zadrhtala. David je hitro prihvatio tanjure. Iskoristila je taj trenutak da ga pomiluje po obrazu. Prvi put joj se nasmiješio.

"I'll do it", rekao je, ma šta to značilo.

"Kriza je privremena. Potrebno je srediti financijski sektor i stvari će se opet pokrenuti..." Klement ga je gledao ispod oka, sumnjičavo.

"Pokrenuti?! Mogu se stvari pokrenuti... ali samo na dolje!"

Vladimir mu je ipak pokušao objasniti da će se stvari vratiti "u normalu". Klement je bacio novine na stol.

"Ako je normala još veće iskorištavanje radnog naroda, onda su se stvari odavno vratile *u normalu*. Nažalost!"

Vladimir je odustao. Nasmijao se. "Oče, ti si ostao u samoupravljanju."

"Da smo barem svi ostali u samoupravljanju!" dreknuo je borbeno Klement i ponovo uzeo čašu.

"Hajde, stari, dosta!" viknula im je Nadia. "Vi opet o politici. Kako vam ne dosadi, pitam se!"

Klement je odmahnuo rukom i uzeo još gutljaj viskija u kojem je vidno uživao.

"Ha, je l' dobar?" zadirkivao ga je Vladimir.

Možda sam preoštar prema njemu, pomislio je Klement. Uvijek sam bio. Ne znam zašto. Vidi ga sada. I on je ostario.

"Od-li-čan", naglasio je svaki slog, nasmiješivši se Vladimiru.

* * *

Nadia je slagala salvete i pribor. Helena joj se približila. "To mogu ja. Dajte!"

"Ma ne!"

Helena je čvrsto zgrabila salvete. "Molim vas."

Nije se mogla sjetiti da li joj je i onda govorila *vi*.

"Molim vas", ponovila je.

"Dobro, dobro."

Nadia ju je pažljivo gledala kako slaže salvete i postavlja pribor. "Ne tu! *Tu*. Tako. Dobro. Malo ipak poravnaj."

"Ovako?"

"Tako je dobro." Nadia je otišla u kuhinju po čaše.

"Hej, Vladimire, mogao bi i meni ponuditi malo tog *single malta*."

"Ah, da, oprosti draga."

Vladimir je poskočio i galantno joj ponudio čašu viskija.

Helena ju je zgrabila i otpila obilni gutljaj. Odahnula je. Piće joj je prijalo. Nije se mogla opustiti. Osjećala je kao da joj se pod ljulja pod nogama. *Jet-lag*. Vremenska razlika. Uistinu, pomislila je, od dvadeset i pet godina. Onda je ugledala Davida kako mrda glavom lijevo-desno, u ritmu. Skočila je ljutito prema njemu i iščupala mu slušalice iz ušiju.

"Skidaj to!" dreknula je.

"Leave me alone, woman!"

"Nisam ti ja *woman*, ja sam ti majka. Pomozi baki, odmah!"

"Hej, hej, vas dvoje. Samo polako", dobacio im je Vladimir.

Helena je popila još jedan gutljaj. Kakva ideja da obujem štikle. Jebiga sad.

"I dosta engleskog!" viknula je za Davidom. "Nismo više u Chicagu."

"Unfortunately!" odgovorio joj je iz kuhinje.

"Bože, što sam učinila da ovo zaslužim."

"Majka si, to je dovoljno", čula ju je Nadia koja se već vratila iz kuhinje sa čašama.

"Ma pustite ga na miru!" Klement je digao u zrak stisnutu šaku kao znak solidarnosti s Davidom. I onda se, kao da ga je to podsjetilo na prethodni razgovor, okrenuo Vladimiru.

"Tu tom tvom ocu pokušavam objasniti neke osnovne stvari o političkoj ekonomiji koje se ne uče na fakultetima, već u životu, na svojoj koži!"

"Stvari su se bitno promijenile od tvog vremena."

"Ma prestanite već jednom", umiješala se Nadia. "Neka ste se vi meni vratili! Bilo je i vrijeme. Hajde da nazdravimo." Vladimir joj je hitro natočio viskija. "Samo malo."

"Daj i malom", doviknuo je Klement.

"A to ne!"

"Zašto ne?"

"Ima sedamnaest godina. Nije po zakonu." Helena je podržala Vladimira.

"Nije po zakonu? Ma daj!" Klement je Davidu pokazao svoje čuđenje. David je slegnuo ramenima.

"Davide, da sam znao da će ti otac postati ovakav kapitalist, ne bih mu ja dao da studira ekonomiju."

"Hvala ti što si mi to ipak dopustio, tata! Sad barem možemo uživati u ovako dobrom viskiju."

"Barem nešto! Hajde uzdravlje!"

Kucnuli su se kristalnim čašama koje je Nadia danas izvukla iz vitrine. Našla je u njima dubok talog prašine.

* * *

"Who's this?"

"Molim?" trgnuo se Klement. David je pokazao na sliku njegovog oca na zidu. "Šta kaže?"

"Pita tko je to?" preveo mu je Vladimir.

"A to!" Klement je poskočio oduševljeno. "To je moj otac Oskar, Davide. Tvoj pradjed."

David je i dalje zaintrigirano gledao u sliku vojnika.

"1914."

Klement je ponosno datirao sliku. Davidu nije bilo jasno na što djed doista misli. Odlučio je unuku pojasniti tu ključnu godinu obiteljske povijesti. Skinuo je sliku sa zida.

"Prije cijelog jednog stoljeća! Zamisli! Ma gledaj ga! Sedamnaest godina mu je tu. Kao tebi, Davide."

Stavio je sliku pored Davida i pažljivo ih usporedio. "Čak mi se čini da i malo sličite, je l' da?" David se namrštio.

"Gledajte te brčiće", obratio se i ostalima. "Gledajte

tu mađarsku trobojnicu na kapi, crven-bijeli-zeleni! Skockan ko curica – za istočnu frontu!"

"He actually went to war?" zadivljeno je upitao David.

"Šta kaže?" Klement se opet obratio Heleni i Vladimiru za pomoć.

"Pita da li je bio u ratu", Helena je prevela ovog puta.

"Dabome! Malo obuke u Pečuhu i – ravno na bojište! Za Božić, uostalom, svi smo doma, zar ne?!"

David ga je opet zbunjeno pogledao. Klement se konačno osjetio opušteno. Čak veselo. Dok je pričao o svom ocu, mislio je da je uistinu fascinantno – nevjerojatno, zapravo! – da svom unuku uživo pripovijeda tu staru priču. Ili je sva ta iznenadna euforija možda bila od viskija? Pogledao je i sam u svog oca. Koliko puta je samo gledao u to mlado lice koje ga je pratilo cijeli život. Ta slika je bila sve što je ostalo od Oskara. Pričao je nebrojeno puta svojim sinovima o njemu. I mnogim gostima koji bi se zagledali u taj portret naslikan nabrzinu u jesen 1914. kako bi se ukućani prisjećali vojnika na dalekom frontu, ali i kao uspomenu na vojničke dane, ako se vrati kući, živ. Odjednom je osjetio nužnost – da, upravo *nužnost* – da unuku prenese priču o Oskaru, kao da na kraju svog puta sljedećim generacijama prenosi drevno nasljeđe, iako nije bio siguran kakva mu je doista bila pouka.

Već je samo čudo da su svi večeras ovdje. Moglo je ostati onako kako je bilo sve ove godine. Za njega bi on, Klement, bio samo još jedan grob spram kojeg bi vjerojatno bio ravnodušan. Lice koje je nekoliko puta vidio na ekranu računala. Pitanje je da li bi se ikada i vratili iz Amerike? Da li bi ikada Nadiji i njemu donijeli cvijeće na grob? Što bi mu rekli o djedu i baki? Koje epizode bi odabrali od cijelog života, vrijedne prenošenja unuku koji ih nikada nije upoznao? Kao te priče o Oskaru koje je on prenio svojim sinovima. Te priče koje su bile njegova legitimacija. Odgovor na pitanje kako se našao na zemlji. Opravdanje njegovog postojanja.

Otac. I da je tako htio, nije ga mogao smetnuti s uma. Svaki put kad bi se pogledao u ogledalo sjetio bi se svega. Ili, kad bi netko, vođen radoznalošću koja bi otklonila pristojnost, upitao za ožiljak koji mu je izlazio iz kose i spuštao se lijevim rubom čela.

"And then?" Davidov glas ga je prenuo.

"I šta je bilo dalje?" Helena je dometnula. "I ja bih opet voljela čuti."

Nisu puno ratovali, niti su baš znali kako, kad su ih Rusi zarobili u kontranapadu. Nakon toga nestao je s lica zemlje. Nikakve vijesti o Oskaru nije bilo godinama. Čak ni kada je rat konačno završio. Mrtvi su bili pokopani. Preživjeli se polako vraćali. Mnogi među njima osakaćeni, tjelesno i duševno. Nestali su se čekali, sa sve manje nade.

Njegov otac Pal držao bi svoju radnju *luksuznom i kolonijalnom robom*, kako ju je on pompozno nazvao iako su se u njoj mogle kupiti uglavnom mnogo manje vrijedne i egzotične stvari, otvorenu do kasno uvečer, dugo nakon radnog vremena. Nije čekao kupce, već svog sina, kao da će ga svjetlost privući iz mraka u koji je utonulo sve, cijeli kontinent, otkako je otišao. Nije mu se vraćalo kući. Nije mogao podnijeti pogled na Oskarov portret.

U međuvremenu, Oskara i drugove odveli su Rusi da služe kao zarobljenici na Volgi, u gradu Kazanju, u dalekom Tatarstanu. I onda – kao grom usred te beskrajne noći, bljesak zore – *Oktobar*!

"October?"

"Revolution", dodao je Vladimir.

Klement je, kao da je i dalje nošen onom nužnošću, naglo gurnuo sliku prema Davidu.

"Davide, uzmi ovu sliku. Od sada je tvoja. Poklanja ti je tvoj djed", rekao je ceremonijalno.

David je ustuknuo.

"What?"

"Ne, molim vas", uskočila je Helena. "On to ne zna cijeniti."

"Ne, ne, to je za Davida", Klement je bio odlučan. "Neka ima nešto od svog djeda. Evo, Davide."

David nije znao što da učini sa slikom koju mu je djed gurnuo u ruke. Helena ju je hitro zgrabila. "Ja ću mu je čuvati." Primijetila je Nadijin oštri pogled. "Bit će mu drago jednoga dana."

"Daj da je pogledamo malo bolje..." Vladimir joj je uzeo sliku. Postavio ju je na komodu. Udaljio se nekoliko koraka. Zamišljeno su, u tišini, gledali sliku mladog, neobučenog novaka, pred odlazak u rat, naslikanu prije više od stotinu godina.

Kazanj, Tatarstan.

Predjelo

Tvoja supica, mama!" uzviknuo je Vladimir kad je Nadia iznijela juhu.

"Samo polako! Prvo Davidu."

Nadia je pažljivo servirala. "Malo mrkvice?" David je kimnuo glavom.

"I, šta planirate dalje?" Helena i Vladimir su se pogledali, prepuštajući jedno drugome riječ. Klement je nestrpljivo čekao odgovor. "I?"

"Prvo da se malo priviknemo, a onda ćemo vidjeti. Posla svakako ima po cijeloj, kako je sada zovu, regiji", Vladimir se ubacio. "Hvala, majko! Davida smo unaprijed upisali u međunarodnu školu. Počinje već sljedeće sedmice. Nije baš da je zadovoljan. A, Davide?"

David se namrštio i nastavio jesti svoju juhu.

"Nije nimalo zadovoljan", dodala je Helena gledajući u Davida. "Navići će se. Nema mu druge."

David ju je kratko pogledao. Prezrivo. Navići ćeš se, ponovila je u sebi.

"A vi?" upitala je Nadia. "Hoćete li se vi navići? Prošlo je ipak..."

Prekinuo ju je interfon.

"Tko je sad, Bože moj?!" uzviknula je Nadia zaustavivši se u sipanju juhe u vlastiti tanjur.

"Jesi li još nekoga pozvala na večeru?" iznenađeno ju je upitao Klement.

Interfon. Opet.

"Hajde vidi, Nadia. Sigurno je greška."

"Ja ću, mama!"

Kao nekada, pomisli. Netko nam dolazi u posjetu, a ja odgovaram na interfon. I on je isti, osim što je sada star i ofucan. Ipak ga je nekako utješio taj stari aparat koji, unatoč svemu, i dalje radi. Osjećaj doma. Unatoč godinama.

"Tko je?" rekao je u interfon veselo. Začulo se šuštanje.

"Ne čujem. Tko?!"

Opet šuštanje. Potom škripanje vrata. Netko je ušao u zgradu. Vladimir je slegnuo ramenima i vratio se za stol.

"I tko je?" upitala je Nadia.

"Nitko."

Klement je odmahnuo rukom i vratio se razgovoru. "Dobro, mali kreće u školu, ti ćeš već nešto naći.

S tvojim iskustvom neće biti problema. Profesor, bogati! Iz Chicaga!"

"Još da ja nađem nešto..." dodala je Helena. "Nadam se da još uvijek trebaju bibliotekare."

"Naći ćemo nešto sigurno", Vladimir je utješno stavio ruku na njezinu. Izvukla ju je.

"U Americi sam radila u knjižnici sveučilišta Northwestern. Kolekcija *Africana*, jedna od najvažnijih na svijetu za povijest Afrike", uzdahnula je. "Posao sam dobila zahvaljujući Vladimiru, kao profesorova žena. Ipak, pokazala sam da nisam samo njegova žena. Brzo sam napredovala, a i naučila nešto o Africi!"

"Afrika, kažeš. Da, dobro... Hajde, snaći ćete se već nekako. Samo strpljivo", Klement je rekao zbunjeno, kusajući juhu.

"Svaki povratak je težak, zar ne?" dodao je Vladimir gledajući Helenu.

"Znate, ta je knjižnica kao pravi labirint", nastavila je Helena. "Kažu da se Umberto Eco inspirirao baš njezinim tornjevima za knjižnicu u *Imenu ruže* koju čuva slijepi Jorge od Burgosa."

Klement ju je radoznalo pogledao čekajući poantu.

"Često sam mislila da jednog dana ni neću naći izlaz iz knjižnice. Da ću jednostavno nestati među svim tim knjigama."

"Kao što možemo vidjeti, to se nije dogodilo", Vladimir je nervozno pokušao zaključiti njezinu priču.

Opet zvono.

Ovog puta na vratima.

Svi su se okrenuli prema ulazu i potom se, začuđeni, međusobno pogledali. Klement je strogo gledao u Nadiju, kao da mu je nešto sakrila. Nadia je slegnula ramenima, opravdavajući se. Vladimir je bacio krpu na stol, uzdahnuo. Ustao je mrzovoljno, ovog puta, i polako odšetao do vrata.

"Tko je?" rekao je glasno u sama vrata. Nije bilo odgovora. Ipak ih je otvorio. Na stubištu je bilo mračno.

"Dobro veče", rekao je nepoznatom čovjeku koji je stajao ispred njega. On mu nije odgovorio. Nastavio ga je mirno promatrati, iz mraka.

"Oprostite? Tražite nekoga?" ponovio je Vladimir, sad već agresivnije. Izvukao je vrat, kao da pokušava vidjeti bolje tog šutljivog stranca, a i jasno mu dati do znanja da im smeta.

Tišina.

"Tko je?!" dreknuo je Klement. Vladimir se okrenuo prema njima i slegnuo ramenima.

"Ako ne znaš tko je, onda zatvaraj!"

"Mogu li vam pomoći? Ako ne, večeramo..." Vladimir se naklonio i zatvorio vrata.

"Ma tko je to bio?" upitala je Nadia.

"Čekaj..." Vladimir se odjednom prenuo, kao da mu je udar prošao tijelom. Nemoguće, pomislio je. Priviđa mi se. Valjda zato što sam tu, kod kuće.

"Čekaj..." okrenuo se i ponovo otvorio vrata. Stranac je stajao mirno na istom mjestu. Vladimir je stavio ruku na usta i ustuknuo za korak. Ta brada? Te oči. Ipak.

"Ma jesi li to... " To osorno, nadmeno, samouvjereno držanje. Ipak! "...ti?"

"Ne čujem", opet je viknuo Klement. "Tko *ti*?"

"Zar je moguće? Pa to si stvarno ti! Nisam te prepoznao. Zbog brade, valjda."

Klement je ustao. "Ma s kim ti pričaš?!"

Vladimiru je ime zapelo u grlu. Okrenuo se. Gledali su u njega zapanjeno. Osim Helene. Ona je gledala u stol. Problijedila je, učinilo se Davidu.

"Sa...", Vladimir se nakašljao i tiho izgovorio, "...s Igorom."

Nadia je skočila sa stolca koji se prevrnuo i glasno tresnuo o pod. David se začudio njezinoj snazi. I očima. Helena i dalje nije micala pogled sa svog tanjura, kao da je još uvijek razmišljala kako bi joj moglo pomoći sve to znanje o Africi koje je skupljala godinama, o zemljama u koje nikada neće otići, o rukopisima iz Timbuktua, onima što ih se često nalazi na lokalnim buvljacima kao i onima sačuvanim u institutu Ahmed Baba, o Ahmed Babi samom, velikom učenjaku, o pokušajima da se otkrije izvor Bijelog Nila, o tome kako je Stanley krenuo u potragu za Livingstoneom i našao ga u gradu Ujiji, na jezeru Tanganjika, među krijumčarima bjelokosti, o glavnim rutama atlantskih transporta robova od Luande do Salvadora, Recifea, Rija, pa sve do Buenos Airesa... Znala je više o svemu tome nego o svijetu u koji se danas vratila.

Klement se ukipio. Usne su mu se stisle. Samo mu se vilica micala lijevo-desno. Škrgutao je zubima. David ih je čuo, te zube. Ožiljak mu je pocrvenio. Činio se puno većim, sad kad mu je krv navrla u glavu.

"Igor?"

Nadia se upitala kao da se pokušava uvjeriti da je Vladimir doista izgovorio to ime. Krenula je polagano, prema vratima, oprezno. Zastala bi pokušavajući ugledati tog bradatog čovjeka čiji je vrat upao u orijentalni šal. Još ga nije mogla raspoznati. Stopio se s mrakom. Krenula je u stranu, približavala se. Kao nakostriješena mačka, pomislio je David, samo što nije napala.

"Who?" Nitko mu nije odgovarao. "Vladimir, who is this?!"

"Igor", ponovio je Vladimir pogleda uprtog nadolje. David je gledao čas Helenu koja je nepomično zurila u svoj prazni tanjur, čas Vladimira koji je gledao u svoje cipele.

"Who the fuck is Igor?"

Igor je zakoračio preko praga, na svjetlo. Duboko je udahnuo. Nakon toliko godina.

"Sine!"

Nadia se bacila na njega. Samo što nije zaridao kad je osjetio njene ruke na sebi i to meko lice uz svoju bradu. Četvrt stoljeća bez tih ruku i tog lica. I poljubaca. Četvrt stoljeća!

"Ma ugušit ćeš me!" natjerao se da se glasno nasmije.

"Daj da te vidim!"

Majka mu je držala lice među rukama i ljubila ga. Mislio je da ju više nikada neće zagrliti. Osjećao je da bi mogao zaplakati, kada bi imao suze. Kao da je potrošio suze koje su mu dane u životu. Samo bi se ponekad pojavile, namamljene vjetrom i pijeskom.

"To sam stvarno ja, mama." I dalje se smijao. "Ne, nije utvara."

"Ma tko bi te prepoznao s tom bradom!"

David je vidio kako se nekoliko krupnih suza s Nadijinih obraza skotrljalo na pod. Gledao je Igora u iznošenoj kožnatoj jakni iz koje je izvirivala kapuljača, u ispranom džinsu i čizmama u vojničkom stilu.

Pohabani kožnati ruksak, s brojnim džepovima, visio mu je o ramenu.

"Son? So, he is my..."

"He is your uncle, David", potvrdio je Vladimir. "Stric."

David se glasno nasmijao, podrugljivo. Helena ga je ljutito pogledala. Znači, istina je. On je moj stric. David je doskočio pred Igora.

"Wow! Cool. I have an uncle I didn't know of... How crazy is that, man! Hey, I'm David. I'm your nephew, if you didn't know. Nice to meet you... from wherever you came from!"

"I'm happy to finally meet you, young man!" Igor mu je pružio ruku. David ju je zgrabio. Ceremonijalno. Nije ju puštao. Obratio se svima.

"Hey folks, I have an uncle!"

"Ne obraćaj pažnju na njega. U najgorim je godinama", dobacio je Vladimir.

David mu je konačno pustio ruku i vratio se srdito za stol i, kao da mu je ova bizarna situacija samo trošila dragocjeno vrijeme, izvadio telefon i stavio slušalice u uši.

"Zatvorite ta vrata više! Šta stojite tu? Sjedajte za stol!" Klement je konačno progovorio kao da je tek tada popustio zagriz.

"Sjedi, sine, sjedi. Tu, pored mame. Sigurno si gladan."

Igor je oklijevao. Klement ga je samo ovlaš osmotrio. Helena ga je konačno pogledala u oči. Nadia je i dalje čekala da sjedne pored nje. Lupila je dlanom po stolcu, dvaput.

* * *

Na oronuloj fasadi koja je nekada davno bila jarko žute boje još su se mogli vidjeti tragovi od metaka i šrapnela. Neke rupe su začepljene cementom, druge još zjape otvorene. Ova davna zgrada se, unatoč svemu, i dalje drži. Samo su prezimena stanara nešto drugačija. Tako je bilo i nakon *prvog* pa *drugog* pa, konačno, ovog, *našeg* rata. Neki stari susjedi i dalje su tu, kao što je mogao vidjeti na interfonu. Ili im netko čuva stan? Neka davna prezimena mogu se nazrijeti ispod novih. Neka su zauvijek prebrisana. Ponegdje vire samo žice. Iščupano. Iščupani ljudi.

Prešao je prstom preko svog prezimena. Pitao se da li interfon još uvijek radi. Ulazna vrata ionako su bila otvorena. Taj aparat očito već dugo nije imao svrhe. Ipak, bolje je da pozvoni, da tako najavi dolazak u vlastiti dom.

Prošlo je nekoliko trenutaka tišine i onda se začuo Vladimirov glas, kao nekada, kao u djetinjstvu, kao u mladosti, kroz žice tog istog interfona. Protrnuo je iako je, naravno, znao da su već u stanu. Vidio ih je, skriven u ulazu zgrade prekoputa, kad su stigli. Izišli su iz taksija svađajući se. David nije želio ući. Raspravljali su se s njim, prvo jedno pa drugo. Pa oboje. Nije ih mogao sasvim čuti. Tek pokoju riječ na engleskom. Na koncu je David pristao da pođe s njima, baki i djedu. Ušli su. Igor je zapalio još jednu cigaretu.

Prethodni osjećaj nadmoći što će ih iznenaditi svojim dolaskom sad se miješao s ljutnjom, ali i strepnjom. *Tko je? Što reći? Tvoj brat? Vaš sin? Djever? Stric?* Svaki odgovor bi bio točan. Ušao je radije bez riječi u to staro stubište. U zgradu u kojoj se rodio, točnije u koju je donesen iz bolnice. Miris podruma. Uvijek isti. Keramičke pločice na zidovima. Iste. Neke su otpale, ali ne i potpis majstora: *Armin Schreiner.* I Armin i skoro cijela njegova obitelj su nestali, saznao je poslije tajnu iza tog imena po kojem je, kao dijete, vježbao slova. Za to prezime vrijedila su druga pravila čitanja. Klement mu je objasnio da se *sch* čita š, a *ei* izgovara *aj.* Jedan je samo preživio od Schreinera. Ostali: Jasenovac, Pag, Jadovno, Stara Gradiška, Auschwitz. Pločice još uvijek stoje. I ime ipak ostaje na zemlji i nakon što su ljudi *iščupani.* Gdje li sam se ja upisao? U nešto čvrsto što će svjedočiti o meni. Ništa nije ostalo od svih mojih penjanja i silaženja ovim stubama. Sâm sam sebe iščupao.

* * *

"I, kako si putovao?" konačno se odvažila nešto reći.

Helenin glas. Drugačiji od onog koji je upamtio. Sada je mogao spojiti Helenu koju gleda ispred sebe s onom iz njegovih sjećanja. Čak i tebe vrijeme mrvi, pomislio je zajedljivo gledajući je drsko. Čak i tebe. Nije skrenula pogled. Gledala ga je ravno u oči.

"Pariz nije daleko", odgovorio je s usiljenim smije-škom i prošao pogledom po zidovima.

"Nije. A ipak ti je trebalo dvadeset i pet godina!"

Klement ga je gledao ljutito, ispod oka. Igor je očekivao ove udarce.

"Kako je lijepo da si s nama!" Nadia mu se na-smiješila gledajući ga prodorno. Pokušavala je saznati što više iz njegove same pojave. Zamišljala ga je bez neuredne brade. Kakvo mu je lice danas? Sijede su mu vlasi prošarale i kosu i bradu. Tko zna što je sve vidio po tom svijetu koji je prošao uzduž i poprijeko da bi iznova pisao o ljudima u patnji, bijedi, nesreći i ratu. Osmijeh mu je ipak ostao isti.

"You knew we were here, right?" David je rekao,

ispitivački, s druge strane dnevnog boravka. Svi su se okrenuli prema njemu. "How come?"

"Da, nisi se iznenadio kad si nas ugledao. Kao da si znao da ćeš nas zateći ovdje", nastavio je, začuđeno, Vladimir. "Nisi valjda slučajno prošao ovuda, i to baš danas."

"Da, znao sam." Igor je pogledao Helenu.

"Ja sam mu javila da ćemo se danas vratiti i da ćemo biti na večeri kod Klementa i Nadije."

Vladimir se skamenio. Pokušao je nešto reći, ali nije stigao.

"Ne misliš da je bilo vrijeme?" rekla mu je.

Pokušavao je ostati smiren. Ipak ju nije mogao pogledati. "Ne znam da li je bilo vrijeme, ali svakako nije bio način."

"Koliko je prošlo?"

"Znam računati, Helena. Pamtim svaki dan koji je prošao otkako smo otišli."

"I, koliko još? Još dvadeset i pet? Do smrti?" Helena nije prestajala. Vladimir se vidno svladavao.

"Odavno vam je bilo vrijeme", prekinula ih je Nadia, gledajući ih, jednog po jednog, Klementa, Igora i Vladimira. "Da ste drugačiji."

"Nadia, molim te", Klement je otpuhnuo i okrenuo se u stranu.

"Hajde, jedite. Ohladila vam se juha", zapovjedila im je Nadia, bezvoljno.

Vladimir se vratio za stol. Davidu je dao znak da učini isto. "Ostavi telefon, barem kad jedeš."

David je ostavio telefon i slušalice na komodi. Klement je i dalje gledao u stranu i škrgutao zubima. Nekoliko je žlica kružilo po tanjuru. Nekoliko zalogaja. Igor se nakašljao.

"A zašto ste se vi vratili, ako smijem pitati?"

Vladimir je nastavio jesti gledajući u svoj tanjur.

"Šta, Amerika vam se više nije sviđala?"

"Tamo je sad malo *sporije*, kako se kaže", ipak mu je odgovorio Vladimir.

"Sporije?!" Klement se naglo okrenuo prema njemu. "Kad pedeset milijuna ljudi živi na bonovima za hranu, onda oni to zovu *sporije*. Kod nas nije bilo gladnih!"

"Dosta!" dreknula je Nadia, a onda je rekla, smireno, Igoru. "Vidiš, neke se stvari ipak nisu promijenile, unatoč svemu."

"I, šta planirate?"

Vladimir se nasmijao. "Kakav otac, takav sin."

"Molim?"

"Ne žurimo s planovima. Vidjet ćemo. Tek smo stigli. Razne su mogućnosti."

"A, kako ste...?" Igor je upitao Klementa i Nadiju. Klement je poskočio kao da je samo čekao na ovu priliku.

"Molim? Kako smo? Zar je moguće da to čujem?" Klement ga je gledao netremice nekoliko sekundi, glumeći čuđenje. "Čuješ ovo, Nadia? Pita kako smo. Neka smo i to dočekali!"

"Hvala na pitanju, dobro smo, sine", Nadia je odgovorila odsječno.

"Šta dobro, Nadia? Odlično!" nadopunio ju je Klement. "Mogao si se javiti koji put. To bar nije teško. Broj je još uvijek isti, da znaš."

Klement je opet okrenuo glavu u stranu. Mrmljao je nešto sebi u bradu. David je promatrao Helenu. Nervozna je. Pokušava nešto reći. Provukla je ruku kroz kosu i pogledala Igora.

"A ti? Došao si, ipak."

"Već sam dugo u kontaktu s nekim mladim aktivistima ovdje. Čitali su što sam pisao o nedavnim revolucijama, nemirima, pokretima, od Egipta, Sirije, Brazila, New Yorka do Hong Konga. Zvali su me već nekoliko puta. Dugo vas nije bilo u gradu, kažu..."

"Dugo?" dometnuo je ironično Klement.

"...pa sam pomislio, kad sam primio tvoju poruku..."

"Ma ne, samo dvadeset i kusur godina!" Klement se usiljeno nasmijao.

"...da je sada možda došao trenutak."

Klement je vrtio glavom ponavljajući njegove riječi.

"Da je sada možda došao trenutak..."

Nije on milosrdan kao što mu ime kaže. Nikada nije bio. Neke se stvari uistinu ne mijenjaju, pomislio je Igor.

"A vi, razmjenjujete poruke? Dopisujete se?" promrmljao je Vladimir podignuvši obrvu i nastavio jesti. "Već dugo?"

"Ne. Poslala sam mu email. Nije odgovorio. Nisam znala da li sam našla pravu adresu."

"Očito jesi." Vladimir je odbacio žlicu u tanjur i ustao. Otišao je do prozora. Helena ga je otpratila pogledom.

"Bilo je vrijeme", dobacila mu je. Vladimir nije odgovarao.

"Nego, reci ti nama...", Klement se okrenuo prema Igoru, izazivački, "...tebi nisu dodijali ti ratovi, sukobi, prevrati? Uvijek si tamo gdje glave padaju."

"To je moj posao. Obavještavam ljude o onome što se događa u svijetu."

"I šta se događa? Hajde, reci nam. Ima nešto novo na ovom svijetu? Samo mrtvi. Posvuda. Planine kostiju! Šta se o tome ima više reći?"

"To je moj posao."

"To ti zoveš poslom? I o čemu ćeš pričati tim

tvojim, kako ih zoveš, aktivistima, a? Zapatisti, sepa-
ratisti, sandinisti? Kurdi? Turci? Kurci-palci? Kam-
pesinosi, naksaliti, Istočni ili, možda, Zapadni Timor?
Ako to uopće postoji, siguran sam da si i tamo bio! Šta
dalje? A? Pakistanci, Palestinci, Sudanci, sjeverni
i južni? Šiiti, suniti, alaviti, maroniti? Čečeni, Čejeni?!...
Jebotebog, svuda si bio, samo ne kući! O svemu si pi-
sao, samo ne kući!"

Kako je govorio tako je polako ustajao. Na kraju je
urlao i lupao šakom o stol. Igor je mirno gledao ispred
sebe, stisnutih usana, kao da čeka da prođe olujni udar.
David je primijetio da su mu usne stisnute na isti način
kao i Klementu. Identično. Potom su obojica, skoro
neprimjetno, škrgutala zubima.

"You really went to all these places? What do you
do? Special forces?"

"Ja sam reporter."

"Stari, kad smo kod toga, nisam znao da tako do-
bro znaš francuski?" Klement je odmahnuo rukom na
ovu Vladimirovu upadicu i spustio se u stolac. "Znači,
pratiš njegove članke, kao i mi?"

Francuski. Da, znao je ponešto. Uistinu se dobro
snašao onda na bulevaru Saint-Germain. Lijepo mu je
stajalo ovo odijelo. Tada. Sada visi na njemu kao vreća
na strašilu. Smiješno. Otkopčao je dugme na košulji
i olabavio kravatu.

"Nađemo sve na internetu", objasnila je Nadia.

"Uvela nam je i to čudo, pa šta ću? Pogledam malo i ja."

"Tata čita tvoje članke", rekla je Igoru. "S rječnikom! Meni poslije priča. Teško mi je da slušam kamo sve ideš."

"Veliki reporter! Ma daj!" Klement je opet govorio zidu.

"Dosta!" Nadia je prijeteće povisila glas. "Dajte da barem jedemo u miru!"

"Ja sam već pojeo", Klement je odbrusio. "Čekam dalje."

* * *

Dok je polako uzimao zalogaje, boreći se s njima, Igor je osjećao kako ga Nadia pažljivo promatra. Kad bi je pogledao, blago bi mu se nasmiješila. Helena je gledala ispred sebe. Nije jela. David ga je također proučavao, netremice. Moj nećak. Otkako sam čuo za njega, bio mi je samo obavijest, činjenica iz njihovog života. Sada je tu. Već odrastao. Izbija mu brada. Na koga li doista liči?

"Oprostite što se nisam najavio."

"Nisam čuo? Kako si rekao?" Klement ga je i dalje čekao, u zasjedi, i odmah je prihvatio novu priliku za obračun. Kao nekada kada su ulozi bili puno manji, a uloge jednostavnije. Ovo se nadmudrivanje nije moglo dobiti. Ni tada ga se nije moglo pobijediti. "*Na*-javio ili javio? Što da ti oprostimo od to dvoje?"

"Ovo je tvoj dom, sine", Nadia je rekla, prekoravajući ga na svoj dobro poznati način. I to je ostalo isto. "Šta da ti kažem? Našao si nas u životu. Nismo umrli a da te ne vidimo. I to je nešto, zar ne?"

"Ma jesi ti zaboravio koliko smo stari?!" Klement je izgubio živce. "Majka ti jedva hoda. Sedamdeset i četiri su joj godine. Ne spava već dvadeset i pet. Meni je srce na izmaku. I šta ti misliš, da baneš samo ovako? I da je sve u redu? Da se ništa nije dogodilo?!"

"Oprostite. Nisam trebao doći. Ovo je očito bila greška." Igor je ustao demonstrativno. "U pravu si, oče. Ne može se ovako. Ne, nakon toliko godina."

"Ma idi, idi, samo ti bježi. Samo to i znaš. Ali da ti kažem jednu stvar...", opet je ustao i uperio kažiprst prema Igoru, "...naći će te jednom taj metak koji tražiš!"

"Dosta, Klemente!" uzviknula je Nadia. "Sjedi dolje!"

Igor se žustro odgurnuo od stola. Nadia ga je zgrabila za ruku. Zar je moguće da ima toliko snage, iznenađeno je pomislio. Trgnula ga je natrag, naglo, tako da ga je zaboljelo rame.

"I ti!"

Igor ju je pogledao zaprepašteno. "Ne ideš ti nigdje!" Onda je dodala, skoro umilno, ne popuštajući stisak. "Hajde, sjedi. Sjedi tu. Poslušaj svoju majku."

Igor je poslušno sjeo. Stisak nije popuštao. Bol u dlanu je rasla tako da je morao stisnuti zube. Nije se usudio izvući ruku.

"Dvadeset i nešto godina živim u tišini. Neću u tišini i umrijeti."

Pogledala ih je sve, jedno po jedno, i onda naglo drugom rukom udarila o stol. "To da vam je svima jasno!"

Onda je odjednom, kao da se ništa nije dogodilo, uzviknula:

"Koka! Skoro sam zaboravila! Sigurno je već gotova!"

Konačno je pustila Igorovu ruku i otišla u kuhinju. Da to nije učinila, vrisnuo bi od boli. Potajice, ispod stola, pogledao je u svoj dlan. Majčini su nokti ostavili duboke zareze. Krv samo što nije probila.

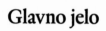

Glavno jelo

Čulo se samo kako Nadia vadi kokoš iz pećnice, govori sama sebi u bradu, muči se, uzdiše i, konačno, uspijeva se izboriti s pečenjem. U jednom trenutku joj je ispao metalni poklopac i tresnuo o pod te nastavio poskakivati po pločicama. Stresli su se. Igor je ispod stola stiskao i opuštao šaku. Zarezi su polako nestajali. Ja sam te rodila – ja ću te i ubiti. Rekla mu je to nekoliko puta kada je bio dječak. Strašna majka. Nježna majka. Majka koju sam napustio.

"Dad, why didn't you ever tell me about uncle Igor?" David ih je drsko upitao. "I really want to know. Why?"

Šutjeli su. Na optuženičkoj klupi roditeljstva nisu znali što reći, Igor je pomislio s gorkim zadovoljstvom, čekajući njihov odgovor. Ništa. Odmaknuli su pogled od vlastitog sina. Nemaju što reći. Kukavice.

"Dad? Mom?" Šutjeli su i dalje. "You are all weird. Jesus, what did I do to deserve such a family!"

David je ustao od stola.

"Sjedi!" viknula je Helena. "Sad će baka."

"I'm done." Ponovo je uzeo telefon i slušalice.

"Vraćaj se ovamo, kretenu mali!"

David je nije htio čuti. Slušalice su mu već bile u ušima. Majčine zapovijedi ne vrijede uvijek isto. Posebno ne kada se roditelje uhvati u prijestupu.

"Vraćaj se ovamo kad ti mama kaže!" Vladimir je pokušavao uspostaviti bar neki autoritet.

"Da, doista zašto mu niste rekli za mene?" upitao ih je Igor, glumeći iznenađenost. Helena ga je ošinula pogledom. Pao joj je pramen preko lica. Potom se stresla. David je upravo odvrnuo glazbu s telefona, na najglasnije. Plesao je praveći se da ne čuje njezino negodovanje. Igor se nasmiješio. Helena je otrčala do njega.

"Daj mi to govno!"

"Leave me alone!"

"Ma pusti ga!" dovikuje im Klement. "Meni ne smeta. Može i jače!"

Helena ga više nije mogla svladati. David je ipak popustio, na kraju, i dozvolio joj da mu uzme telefon. Helena je nervozno pokušavala ugasiti glazbu. Nije znala kako. David ju je mirno promatrao. Konačno joj je pošlo za rukom. Telefon je utihnuo.

"Evo ti sad! Dosta je bilo! I sjedaj na svoje mjesto!"

"Happy now?" David ju je i dalje gledao smireno.

Potom se polako vratio za stol. Nadia je u tom trenutku ušla u trpezariju, s pečenjem u rukama. Zastala je vidjevši zajapurenu Helenu koja je prvo popravila frizuru i onda se i sama vratila za stol.

"A, evo i koke!" uzviknula je Nadia i zviznula pladnjem o stol tako da je sve poskočilo, a dvije su vilice odletjele na pod.

"Da vidimo kako ćemo. Davide, za tebe batak."

"Thanks."

Nadia mu je nervozno servirala batak i pečene krumpire. Kao nekada, dala je zapovijed. "Vladimire, donesi salatu."

Vladimir, kao da je jedva dočekao mogućnost da bar na trenutak pobjegne od svega, hitro je otišao u kuhinju. Tamo je zastao, u čudu, našavši kuhinju u neredu. Nekada je sve radila tako vješto. Tko zna koliko se danas mučila da napravi to staro jelo naših nedjelja. Bože. Skinuo je kravatu i stavio je u džep.

"Salatu, molim!"

Nadia mu je prekinula misli. Osjetio je kako mu treba više vremena. Samo malo vremena da stane i razmisli. Nikada ga zapravo nije imao. Čak ni sada, vrativši se u ovaj grad, u ovu kuću, miješajući ovu salatu.

Nadia im je nastavila servirati večeru, kao sudac koji svakome dijeli po zasluzi. Ili kazni. Igor se sjetio kako ponekad ne bi zaslužio jelo. Ili bi dobio manje. Što li će mu dati ovog puta? Dobio je drugi batak. Nagrada, ipak. Ili odšteta, za one zarivene nokte. Krilca za Helenu i Vladimira.

"Evo!" Vladimir se vratio za stol sa začinjenom salatom.

Klement se pripremio za jelo i sada je očima tražio neki preostali sočni komad. Zakačio je krpu za ovratnik kako bi zaštitio košulju i odijelo.

"*Bon appétit!*" rekao je gledajući u Igora.

"*Merci.*"

"A za Klementa, nešto drugo."

"Šta drugo?!"

"Znaš šta ti je doktor rekao? Samo lešo."

"Samo lešo?!" Klement je ljutito trgnuo krpu iz ovratnika i zviznuo njome po stolu. "Jednom nogom sam u grobu, a ne daju mi da jedem! Cijeli sam život gladan! U djetinjstvu gladan, u mladosti gladan, na studijima gladan! I taman kad sam pomislio da više nikada neću biti gladan, izbije još jedan rat! Prođe i taj rat i sad mi jebeni doktor ne da da jedem kao čovjek! E bogami, neću i umrijeti gladan! Jesi me čula, Nadia?!"

Nadia ga je promatrala strogo. Pustila ga je da završi svoju lamentaciju. Potom je uzela pladanj i sasula mu gnjevno sve preostalo meso s kožicama i koščicama na tanjur.

"Evo ti, pa jedi. Jedi!"

Klement je ponovo stavio krpu i bacio se na jelo. Ljutito. Glasno je razdvajao meso od kostiju i mljackao.

"Igore, donesi vino", Klement je zapovjedio a da nije ni pogledao Igora. "Ti se sigurno razumiješ u vina, je l' da? Vidi je li čemu."

Igor je u kredencu našao butelju vina. Francusko. Nešto jeftinije, ali ipak dobro. Otvorio je vino pred njima, ceremonijalno, kao iskusni konobar. Stavio je bijelu krpu preko ruke. Izvodio je točku baš poput *garçona* u restoranu Terminus Nord, pored sjevernog kolodvora, odakle često kreće u svoje *misije*. I kada se iz njih vrati, tamo proslavi uspješno obavljeni zadatak samotnom večerom. Nitko ga ne čeka ni na peronu ni u njegovoj garsonijeri. Za večerom će uključiti telefon i poslušati poruke. Možda će se i javiti nekom prijatelju ili nekoj od žena koje povremeno gostuju u njegovom životu. Tužne svetkovine u Terminus Nordu. Čega? Preživljavanja u životu koji je sam odabrao. Kojeg si je sam nametnuo. Izabrati sam svoje kazne. Umjesto majke.

"*Monsieur?*" upitao je Klementa, kao što bi učinio i konobar čiju je ulogu igrao.

Klement je kimnuo glavom, gledajući ga obazrivo. Natočio mu je malo, za kušanje. Klement se pitao što li sad izvodi, ali ipak je kušao vino.

"*C'est bon?*" Klement je opet kimnuo i odobrio vino.

"*Madame?*"

Majci je natočio čašu vina. Potom se primakao Heleni. Poklonio se. Njegova ju je gesta nasmijala.

"*Merci*", rekla je.

Okrenuo se Vladimiru.

"*Et monsieur? Du vin ou du whiskey?*"

"*Un peu de vin, merci.*"

"*Et pour le jeune monsieur?*" David mu je nestrpljivo gurnuo čašu. Helena je stavila ruku na obod. David je nezadovoljno otpuhnuo. Igor je, konačno, odložio krpu i, na koncu, samome sebi natočio čašu vina.

"*Santé!*" uzviknuo je. Polako su se kucali čašama. David im je, ironično se smiješeći, podigao praznu čašu.

"Cheers!"

✳ ✳ ✳

"I...", Helena se nakašljala, "kako ti se čini?"

Igor ju je pogledao upitno.

"Grad, mislim?"

"Čudno." Popio je još gutljaj vina. "Čudno", ponovio je. "A vama?"

"Nismo baš puno vidjeli na putu od aerodroma do hotela. Sve se čini isto, ali i tako drugačije. Kao i mi, valjda."

"Gdje si odsjeo?" upitao je Vladimir.

"Rezervirali su mi sobu", slagao je Igor.

"Pa valjda si mogao ostati ovdje. Mogli ste svi. Ne znam zašto ste u hotelima", rekla je Nadia. "Ne razumijem vas. Doista vas ne razumijem."

Aktivistima koje je naveo kao izgovor nije se ni javio. I sam je doletio danas. Samo s tim ruksakom na leđima. Jučer je odlučio. Bolje rečeno, *prelomio*, nakon što je danima razmišljao o njezinoj poruci. Isprva je bio bijesan. I dalje je bio ljut, ali odlučio je prihvatiti njezin poziv. Ili, bolje rečeno, izazov. Ne, nije ga izričito pozvala. Samo je rekla da se vraćaju i da će danas stići "natrag". Tako je rekla, ne *kući* već *natrag*. Kao da je moguće ići unatrag, kao na filmu. Možda ga ni sama nije očekivala tako brzo, možda ne baš večeras, iako je bio siguran da je znala da će doći. Ni sam nije vjerovao da će se doista danas vratiti kući, sve do sinoć kada se odluka nametnula sama od sebe nakon što je satima gledao u strop svog stana kojim su odjekivale glasne kaplje vode koja je ustrajno curila iz slavine. Pitao se tko će pobijediti, on ili ta voda. Na koncu je ustao, zavrnuo slavinu, kupio jednosmjernu kartu preko interneta, i čekao jutro. Popio je kavu u Terminus Nordu i krenuo prema aerodromu, u jednu sasvim drugačiju misiju.

Rekao je taksistu da ga ostavi podalje od centra, da prohoda. Vozač ga je pitao odakle je i kojim je poslom u "našem gradu". Iznenadilo ga je to pitanje. I pomalo povrijedilo. Ništa nije rekao. Možda mu se i naglasak promijenio. Možda je taksistu njegova pojava djelovala drugačije, kao da ne pripada ovamo. Svejedno. Ništa nije odgovorio. Poslije je skoro dva sata šetao ulicama. Mnogi nazivi više nisu bili isti. Pokušavao se sjetiti starih i naučiti nove, čudeći im se ili pitajući se tko su zapravo ti ljudi i zašto su odjednom postali važni. Koliko je samo puta išao tim ulicama u svojim snovima i sanjarenjima! Bile su to ulice onog starog, prošlog grada. Ovaj novi gledao je zbunjeno. Trgovački centri, reklame, blještave radnje, pomodni kafići... sve isto i jednako isprazno kao i bilo gdje drugdje. Tamo gdje je nekada bio stari bar u kojem je proveo tolike noći i nad čijim je šankom žučno raspravljao o ulozi književnosti – nasmiješio se prisjećajući se tih vremena – sada je stajala banka, stranog imena.

Čudno. Gledao je u lica prolaznika. Posebno onih starijih od četrdeset. Nije prepoznao nikoga. Igrao se sam sa sobom pitajući se tko će biti prva poznata osoba koju će sresti. I onda je osjetio ushićenje. Grafit koji je napisao na staroj gimnaziji i dalje se mogao pročitati. Nakon svih tih godina!

"Sjećate se kad sam na školi napisao..."

"Sretna nova šezdeset osma!" Nadia i Vladimir uskliknuli su uglas kao da je spominjanje te priče naglo otvorilo odavno zatvorena vrata kroz koja je sada nagrnula zaboravljena radost.

"Sretna nova šezdeset osma..." ponovio je Klement vrteći glavom, kao i da mu i dalje nije jasno kako mu je ta nepodopština uopće pala na pamet.

"Direktor škole me ispitivao šta sam baš mislio pod tim", Igor se smijao. "Ništa, druže direktore, samo godinu svog rođenja. Živjela godina u kojoj sam se rodio. Samo to, druže direktore. Zar bi moglo biti nešto drugo?"

Smijali su se tom događaju koji je ušao u anale obiteljske povijesti i redovito se prepričavao, dok su još svi bili zajedno, za obiteljskim stolom.

"Ah, uvijek si bio subverzivan", rekao je Klement zajedljivo.

"Morala sam u policiju da te opravdavam. Pa onda kod direktora škole. Kad se samo sjetim!" dodala je Nadia smiješeći se.

"Srećom su nas ljudi znali pa su ti progledali kroz

prste", nastavio je Klement. "I ne samo tada. Samo mi jedno nikad nije bilo jasno, šta ti to nije valjalo, režim ili vlastiti roditelji?"

"Nitko me nije prepoznao danas..." rekao je zamišljeno, gledajući u svoju čašu. "Možda zbog brade?"

"A brada ti je... svaka čast!" dodao je Klement. "Danas ako nemaš bradu, kao da nisi muško!"

"Baš ti dobro stoji!" dometnula je Nadia, dok je Klement kolutao očima.

Nitko ga nije prepoznao. Osim čistača cipela. Još uvijek je tamo, na istom mjestu. Barem on. Kao neki smjerokaz u vremenu i prostoru. Čistač cipela kao sidrište naših života! Prošao je pored njega, ne osvrćući se. Dozvao ga je.

"Kakve čizme! Još da su čiste!" nasmiješio se.

Igor je stao. Vratio se. Digao je lijevu čizmu na njegov radni stalak. Čistač ih je čistio pjevušeći. Onda ga je pogledao.

"Vratio si se", rekao mu je. "Dobrodošao kući!"

* * *

"Who are you?"

"Šta kaže?" Klement je upitao Helenu ne dižući pogled s kostiju koje je strpljivo pokušavao obrstiti do kraja.

"Pita, tko smo."

"Šta?"

"Tko smo, odakle smo? Tko smo uopće mi? To pita", pojasnio mu je nervozno Vladimir.

"I mi bismo to voljeli znati", odgovorio je Igor.

"Pa neka pita! Ima i pravo da pita!" Klement se okrenuo Davidu brišući usta i bradu krpom. "Pa upravo sam ti zbog toga, Davide, poklonio sliku tvog pradjeda Oskara."

"Baš sam se pitao gdje je slika!" uskliknuo je Igor.

"Tu je, tu je", Klement je otišao do komode. "Oskar. Moj otac. Djed tvog oca. Tvoj pradjed. Nisi ti repa bez korijena, moj Davide!"

Klement je stavio portret na grudi.

"Sve će ti objasniti tvoj djed! Rekao sam ti, godina je bila devetsto četrnaesta, atentat i – rat! Oskar je prilično uzbuđen. Naravno. Kako i ne bi! Uniforme, oružje, trube, bubnjevi! Uzbudljivi naslovi u novinama, ofenzive, depeše, vojničke i rodoljubive pjesme i zabrinutost starijih. Uto stiže i dopis na kućnu adresu. Još je nekoliko mjeseci maloljetan, ali spreman za obuku! Takvog se ne ostavlja kod kuće, sa ženama. Ne, ne. Sutra se prijaviti u kasarnu. Oskar je mirno čitao taj dopis naslovljen na njegovo ime od slavne carske i kraljevske armade i tada je rekao prvu od svojih čuvenih izjava..."

"Kad ti se ne diže, onda jebeš cijeli svijet..." uskočio je Igor.

"...a carevima se više neće dići!" dopunio ga je Vladimir.

Prasnuli su u smijeh. Nadia ih je, jedva se susprežući, pokušala zaustaviti, "Ma dajte prestanite s tim prostotama. Tu je dijete!"

"Ma kakvo dijete!" prekinuo ju je Klement. "Slušaj dalje, Davide..."

Njuh za te stvari, za sitnu mehaniku epohe, uvijek će ga dobro služiti. Kad je čuo za revoluciju u Petrogradu, prekinuo je sječu drva na imanju velikih zemljoposjednika gdje je, kako sam ti rekao, služio s ostalim zarobljenicima, pored Kazanja, u Tatarstanu. Oskar je na sveopće čuđenje počeo spremati ono malo stvari u zavežljaj kao da nekud kreće, bez ičijeg odobrenja. Gazda, koji ga je zavolio kroz te godine služenja, bezuspješno ga je pokušavao zadržati. Na kraju ga je molio da ostane izvlačeći svoj posljednji adut: povjerio mu se da je više no jednom pomislio da mu ponudi kćerku za ženidbu, čim se rat, dakako, završi a njegov "status" raščisti. Oskar je tu stao, stavio tom blagonaklonom čovjeku ruku na rame, kao da razgovara s djetetom koje ne zna kako povezati uzrok i posljedicu, i rekao:

"Konačno je počela prava jebačina..." uskočio je Vladimir.

"...i, uz sve poštovanje prema vašoj uvaženoj kćeri..." nastavio je Igor.

"...ja je neću propustiti!"

Klement je pljesnuo rukama na što su se svi opet glasno smijali. David se smiješio njihovoj uigranoj točki pomislivši još jednom kako su doista čudni, kao što mu je sve bilo čudno danas, i ovaj čudni stan i ovaj čudni grad.

Tako je to bilo! Jedva se probijao kroz Rusiju. Revolucija, građanski rat, crveni i bijeli, Trocki, šljahta, Wrangel, kozaci, pogromi... Bog sam zna što li je sve doživio tamo, na putu od Tatarstana, preko Ukrajine, kakve sve avanture! Što li je sve vidio tih golih godina! Koliko stradanja!

Pričao je jednom da je negdje na Dnjestru upao u živo blato. Propao je skoro do vrata, koprcajući se beznadno, pomislivši da će ga ovog puta zauvijek progutati zemlja. Tada je začuo neke ljude u blizini. Vikao je upomoć. Jedan od njih hrabro je zakoračio u blato, smirio ga, dodao mu granu i polako ga izvukao. Oskar ga je izgrlio, dao mu koricu kruha koju je skrivao u košulji i upitao za ime.

"Igor", rekao je taj nesebični čovjek.

"U njegovu čast tvom sam stricu, Davide, dao to ime, da se uvijek prisjetimo tog plemenitog Rusa, bez kojeg nas ne bi ni bilo."

"Princ Igor", tiho je rekao Vladimir.

* * *

Oskarova odiseja trajala je godinama. Stari svijet je potonuo, a novi se još gradio, kroz pometnju i sukobe. Njegov gradić, iako je ostao upravo tamo gdje je oduvijek i bio, skliznuo je, uslijed graničnih prepucavanja, u novu kraljevinu čudnog i dugog imena, u kojem se spominjalo nekoliko naroda kojima je tek trebalo dokazati pripadnost ili lojalnost. Kada je ušao u grad, njegova duga brada zbunila je ljude. Pitali su ga tko je i što traži, na nekoliko jezika i narječja koji su se govorili u njegovom zavičaju.

"Vodite me u brijačnicu!"

Brijačnica se napunila ljudima koji su tiho nagađali tko je taj stranac koji je uznemirio grad. Kako mu je brada polagano nestajala, iznenađenje je postajalo sve veće. Konačno su utvrdili da se doista radi o Oskaru, uspoređujući njegovo otvrdlo lice s blago zacrvenjenim obrazima dječaka sa slike. Odmah su primijetili, s grozom, da mu se ispod vrata sada nalazio dug ožiljak.

"Kao zaklan", netko je šapnuo.

Poručnikova sablja mlatila je po mladim vojnicima tjerajući ih u napad pod čeličnom olujom dok su plačući kao djeca dozivali svoje daleke matere i proklinjali tuđe. Kada se sve završilo i jeziva tišina prekrila bojno polje, Oskar je bio uvjeren da je već mrtav, misleći melankolično kako je sve tako kratko trajalo na zemlji. Krv mu je curila iz rane na vratu. Kada je ugledao vlastitu krv na prstima, još toplu, i kada je pomislio na vlastitu misao o krhkosti života, učinilo mu se da možda ipak još nije umro. No krv koja mu je i dalje curila, uvjerila ga je da mu se kraj svakako približio.

Kada je konačno pogledao oko sebe, jedva je mogao prepoznati sva ta ukrutjela bića. Činilo se kao da je njegove drugove neki pomahnitali div razlomio, raskomadao i razasuo naokolo. Poručnik je visio na grani, prepolovljen, odbačen od eksplozije dvadesetak metara visoko. Još je čvrsto držao svoju sablju kao da ih i dalje tjera u smrt. I oči su mu bile otvorene i jednako bijesne kao u trenutku kada je sasjekao Oskara, odlučan da ga ubije zbog kukavičluka. Oskar se uhvatio za ranu. Još je krvarila, ali ne obilato. Prvi ruski vojnici koji su ga ugledali, pobjegli su od straha, u zaklon i od tamo uperili puške. Njihov poručnik ih je zaustavio. Oprezno su prilazili Oskaru, nesigurni da li im živ ili mrtav govori na jeziku nešto drugačijem, ali sličnom njihovom.

Sugrađani su ga gledali, ne manje ustrašeni. Mnogi su ruke skupili u molitvu, kao da se vratio ne Oskar već njegov duh da im objavi kakav ih sud čeka. Za pokoj duši su mu već palili svijeće, kao i ostalim poginulima i nestalima, a evo ga sada tu, među njima, s tim zastrašujućim ožiljkom, ali ipak živ i, čini se, zdrav. Vratio se, kako se nekome otelo...

"...iz carstva mrtvih", prozborila je Nadia, tiho.

"Ne, tamo odakle sam došao više nema niti će ikada više biti carstva", Vladimir je prenio poznate riječi iz očeve priče, "...kao uostalom, ni ovdje!"

Na to su okupljeni protrnuli. Ponudio je da plati brijaču. Ustuknuo je, a onda se naklonio odbijajući novac. Pratili su ga potom do kuće, njih dvadesetak, u tišini. Neka djeca trčala su ispred njih kako bi prvi obitelji donijeli vijest o čudu, skoro uskrsnuću, nadajući se nagradi. Njegov otac, čovjek jučerašnjeg svijeta, izišao je na vrata zbunjen svom tom drekom. Onesvijestio se kada ga je sin pozdravio (na njemačkom, dabome). Majku je dozvao na mađarskom, a sestre nježno... na ovom našem jeziku koji će i postati *naš* i jedini na koncu baš zbog tog rata i nestalnih granica.

Digla se graja kroz koju su se probijali usklici

radosti, ali i krici očajnih majki kojima je Oskar skoro birokratski prenosio vijesti o smrtima njihovih sinova, u borbi, od metaka i bombi, od bolesti, zime ili teškog rada.

* * *

Dok je Klement pričao, Nadia je pomislila na svoju majku koja se nije rodila na rijekama kao Oskar, već pored mora. I od tamo su vodili vojnike da ginu za carevinu. Jedan je daljnji rođak poginuo negdje kod Sarajeva, tko zna kako. Njegova ga majka nikad nije sahranila. Godine su prolazile. Skoro bi se i zaboravilo na tog mladića da jedan njegov prijatelj, jedan od onih koji su se vratili s ratovanja od Drine do Alpa, nije, kada bi popio koju čašu opola više, dolazio pod prozor njezine prizemnice i pjevušio:

Sarajevo i Bosna,
Svaka majka žalosna!

Ljudi bi mu vikali da odlazi, da ostavi jadnu ženu na miru, da je ne podsjeća na nestalog sina. Ona bi uvijek otvorila prozor. I onda bi zajedno, zagrljeni, plakali. I tako do kraja njezinog života. Nisu dali vremenu, njih dvoje, mislila je Nadia, da izbriše sjećanje na voljenog s lica zemlje, kad mu je već zemlja ukrala kosti, kod Sarajeva, u Bosni.

* * *

"Došli su i muzikanti, a i policija nove države", prenuo ju je Klement.

Bio je sumnjiv taj povratnik s Istoka. Njegov komentar o carstvima brzo se širio. Pitali su ga da li je možda, tamo, u Rusiji, iskusio boljševizam i, ako jest, kako mu se sviđa. Oskar im je tada rekao...

"...da mu se jako sviđa i da ga je puno puta iskusio", Igor se namjestio kao Oskar u kožnatim čizmama koje je digao na stolac, "...ali da ga od svega toga samo..."

"...zaboli kurac!" uzviknuli su Vladimir i Igor zajedno, valjajući se od smijeha.

"I like it so far!"

"To su sve činjenice, moj Davide", rekao mu je Klement zadihano. "Nema se tu šta kriti. Tri dana su slavili. Na kraju sveg tog slavlja, za vrijeme kojeg su ispraznili podrume i skladišta trgovine luksuznom i kolonijalnom robom, otac mu je rekao da za njega ima, kad se malo odmori, sjajan posao: eksport--import, po novoj kraljevini. Mogućnosti su bile – neizmjerne!"

* * *

"I tako smo krenuli prema Jugu..." nastavio je Klement. "Vidiš, Davide, ne bi te ni bilo, da se tada granice nisu pomjerile! A znaš li zašto su se pomjerile? Nikada ne bi pogodio. Jer je jedna rijeka, baš tamo gdje se spajala s drugom, promijenila tok, negdje u osamnaestom stoljeću i tako otvorila pitanje, kome je zapravo pripadao Oskarov grad, sad kad Carstva kao kišobrana više nije bilo nad njihovim glavama? Da li je bio s ove ili s one strane rijeke? I koje rijeke? One davne koja je prolazila s južne strane grada, ili ove koja sada teče sa sjeverne? Kad pomisliš, šta zna rijeka o nama? Teče kako želi. Mijenja korita, ako želi. Nema tu misterije. Samo mi, moj Davide, od toga pravimo smisao ili, češće, besmisao."

Klement se zamislio. Sjeo je u fotelju, da se odmori. "I, vidiš, kako je sve to čudno. Da ta rijeka nije promijenila tok po kojem će se upisati nova granica, ne bismo se Nadia i ja nikada sreli na omladinskoj radnoj akciji. Ne bi onda bilo... ni tvog oca... ni Igora..." Igorovo ime je izgovorio tiho. Borio se da dođe do daha.

Omladinske radne akcije. Slučajnost susreta omladinaca po nedokučivoj logici birokracije socijalističke države u izgradnji. Kao studentica ekonomije pridružila se omladinskim brigadama. *Akcijaši* su te godine dovršavali autoput "Bratstva i jedinstva". Poslali su ih kao ispomoć mladom inženjeru koji je rukovodio radovima na tom dijelu ceste. Rekli su im da se zove Klement. Prvi put je čula takvo ime. Neumoran, discipliniran, krut u svom poslu koji je vidio kao poslanje. Ritam je bio vojnički. Klement se budio prije svih, u četiri ujutro. Držao je vatrene govore o važnosti onoga što gradimo, o povezivanju naroda, o budućnosti koju stvaramo, doslovce, svojim golim rukama. Nije joj se dopao isprva, iako ju je zaintrigirao taj neobični muškarac, s tajnovitim ožiljkom na čelu. Čudila se, kao i ostali, njegovom skoro književnom govoru i čudnom naglasku. Pitala se tko je, odakle je. Govorilo se da je buržuj i da klasno porijeklo nadoknađuje ideološkom vatrenošću. Oni, djeca radnika, težaka i seljaka to nisu morali činiti. Više ih je zanimala strana muzika, ples, ljubakanje i zabava, nakon rada. Zabava kojoj se Klement nije pridruživao vječno zagledan nad nacrtima kao da iz njih iščitava lozinku koja će, konačno, otvoriti vrata utopije.

Mislila je da je Klement nije ni primijetio. Na svečanom otvaranju dionice ceste koju su ponosno predali budućim naraštajima, iznenadila se kad je začula svoje ime. Pozvali su je na podij. Klement joj je uručio medalju za zasluge pohvalivši njezinu požrtvovanost. Poslije ceremonije, upitao ju je da li bi ponekad mogli popiti čaj. Nadia se nasmijala. Rekla je da bi mogli popiti čaj, a možda i nešto drugo... ako možda nema čaja. Nasmiješio se. Rekla mu je da se vraća na studije. Pitao je kamo. Rekla mu je kamo. Za mjesec dana ju je čekao pred zgradom fakulteta.

"Ako ste još uvijek za čaj?" rekao je, nesigurno, kad mu je prišla. Poljubila ga je, odmah. Na usta. Iznenadio se. Licem mu se raširila radost za koju nije znala da je sposoban. Uzela ga je za ruku. Sljedeće godine odselila se u grad u kojem je dobio namještenje.

"Da, da nije bilo te omladinske radne akcije..." ponovila je Nadia.

"And, what happened to Oskar?" David je bio znatiželjan da čuje nastavak priče.

"Pita šta je bilo dalje..." objasnila je Helena.

"Ah, Oskar!" Klement se prenuo iz drijemeža. "Dugo će on uživati u dobroj zaradi i samačkom životu, u ludim dvadesetima. I onda će upoznati moju majku, kćerku poslovnog partnera. Bilo mu je i vrijeme da se ženi. Ona je bila puno mlađa od njega, lijepa, obrazovana, dobro odgojena djevojka, koja je govorila skoro sve jezike kao i Oskar, osim mađarskog. Nije se usprotivila toj međusobno unosnoj trgovini dvaju partnera. Ipak, nikada se nije pomirila s Oskarovim "ruskim navikama", kako je govorila. Mučenica! Krčme i ciganski orkestri. Rasipanje. Stalna putovanja.

A onda su došle tridesete. Kad je Hitler zasjeo na vlast, rekao je još jednu od svojih čuvenih izreka.

"Jebeš orgiju koja nije za svaki kurac!" uskočio je Igor smrknuto.

"A onda je ta orgija stigla i na naš kućni prag. Bio sam dječak. Došli su... jednog dana", Klement je zastao, kao da se vratio u taj dan. Usne su mu se stisle. Škrgutao je zubima.

"Da mu stave muda na panj", Vladimir je pojasnio Davidu.

"What? I don't understand."

"Bogat. Suviše slobodnih pogleda, a mutnih korijena. Lako je bilo naći razlog."

"S gađenjem su proučili njegov *rasni* profil", dodao je Igor. "To miješanje Austrijanaca s Mađarima, Slavenima i Židovima. I tko zna čega se tu još našlo među trgovačkim panonskim sojem. Prezime su mu čitali i s lijeva i s desna tražeći i nalazeći skrivena značenja. Njegove izjave o pripadnosti uzimali su s dozom opreza. Njegovo baratanje jezicima upravo kao znak bezdomništva. Konačno..."

"...su ga odveli", dodao je Vladimir.

"Where?"

"Na Istok", Klement je zaključio, u pola glasa. "Po drugi put."

Četrnaesta se obrnula i postala četrdeset prva. Klement svaki dan vidi kako oca ukrcavaju u kamion. Otac ne zna što bi rekao. Klement ne zna kako bi mu pomogao. U lijepom je odijelu, skupocjenom, tako različitom od odjeće uplašenih ljudi na kamionu. Sve izgleda kao zabuna. Oskar pokušava opušteno razgovarati s uniformiranim ljudima, ali nesvjesno se češe po ožiljku na vratu. Želi ih omekšati nekim od svojih zavodničkih trikova. Ne ide. Ne i ovog puta. To ga čini nervoznim. Klement se pokušava odvojiti od majke. Ona je na rubu sloma. Ide od jednog do drugog. Pokušava objasniti da je posrijedi zabuna, da smo mi dobri građani, da idemo u crkvu, da smo svi kršteni, pobogu! Klement o tim stvarima ništa ne zna. Netko kaže ispod glasa, "Znao sam". Što? Neki kimaju glavom kao da im je sve oduvijek bilo jasno. Nitko se ne pokušava ispriječiti. Došla su druga vremena. Otac se smiješi Klementu, sliježe ramenima kao da se opravdava. Namiguje. Zabuna, šala, nesporazum... Nož je pod mudima. Kamion kreće... Klement se konačno istrgne majci iz ruku i potrči za kamionom. I, konačno, sustiže ga. Uhvatio se za kamion. Samo što nije uskočio. *Tata!* Otac ga pokušava dohvatiti. I, odjednom, mrak.

* * *

"Probudio sam se danima poslije u zavojima." Klement je duboko uzdahnuo. "Kundak u glavu."

David je slušao djeda otvorenih usta. Pokušavao je shvatiti značenje Klementovih riječi, povezati informacije, spojiti taj kundak s ožiljkom na djedovom čelu.

"Nisam spasio oca. Odveo ga je konvoj smrti. Na Istok. Po drugi put."

David ga je želio upitati nešto, ali i prije nego što je zaustio, Klement je nastavio.

"A onda... taj konvoj, pola stoljeća poslije, u opkoljenom gradu."

"What?"

"Konvoj spasa."

"Ne pričajmo o tome. Ne večeras!" prosiktala je Nadia.

"Kakva je to čudna ravnoteža, bože moj!"

"Ne sada, Klemente, za boga miloga!" Nadia je uzviknula, ali on je nije čuo. Ustao je, kao da mjesečari, i otišao do telefona. Podigao je slušalicu.

Dobar dan – dobar dan. Da li ste vi sin tog i tog? Odvedenog tamo, nestalog tamo?

Da, da, jesam, taj sam, Oskarov sam sin.

Humanitarni konvoj iz opkoljenog grada kreće sutra.

Molim?

Jedno je još mjesto ostalo. Samo jedno.

Klement se okreće prema njima sa slušalicom u rukama. "Samo jedno mjesto."

Porijeklo. Rasuti, izmiješani geni, tko bi ih pohvatao. Slučajni spojevi, što iz ljubavi, što iz interesa, što političkom odlukom. Porijeklo. Opet porijeklo. Ovaj put za život.

Vladimir je otišao do prozora. Ulicom su prolazili mladić i djevojka, tek nešto stariji od Davida. Odjednom su zastali. Poljubili se. I nastavili hodati. Uronjeni u sadašnjost, pomislio je, za razliku od nas. U ovaj, a ne prošli život.

Igor je gledao u pod. David je cipelom nervozno bubnjao po parketu. Nadia je uronila lice u ruke, kao da ništa više ne može spriječiti. Kakav prizor, pomislio je David. Djed je i dalje stajao s telefonskom slušalicom u ruci iz koje se čuo signal otvorene veze. Pogledao je na majku. Helena je ukipljeno gledala u Klementa čekajući nastavak priče.

"Ja?" Klement je rekao u slušalicu. "Za mene? A ne, ja ne odlazim."

Pauza.

"Znam ja dobro svoje godine. Hvala vam, ali ne."

Pauza.

"Znate li vi tko sam ja?"

Pauza.

"A da li znate da sam ja izgradio ovaj grad? Ja nemam drugi."

Pauza.

"Ne, ne, niste me razumjeli."

Pauza.

"Ne, moja žena želi ostati sa mnom. Ma, nismo mi bitni, ali moji sinovi..."

Klement je spustio slušalicu na grudi, kako druga strana ne bi čula njihov razgovor.

"Kažu: u redu, može jedan. Jedno je mjesto."

Kakva ravnoteža! Jedno mjesto za njegovog oca, tada; jedno mjesto sada, za samo jednog Oskarovog unuka.

* * *

"Ja ne idem", rekao je Igor prije dvadeset i pet godina, u ovom istom salonu, možda na samo dva koraka dalje od mjesta na kojem je sada nepomično stajao. "Ja ne. Ne odlazi se kad je najteže. Nisam ja dezerter! Ja sam novinar!"

"Šta si ti? Novinar?!" uzviknuo je Klement. "Vidiš li ti šta se događa?! Vidiš li ti kamo to vodi?!"

"Vidim!" uzviknuo je prkosno Igor. "Zato što

vidim, znam što moram učiniti. Ja moram snimati, moram pisati, a ne spašavati vlastitu guzicu!"

"Budalo!" urlao je Klement. "Šta misliš šta si ti? Hemingway?!"

"Ja ne idem i gotovo!"

"Doći će po mene", rekao je Vladimir tiho i počeo se tresti. Nadia mu je prišla pokušavajući ga zagrliti. Okrenuo se od nje, prema prozoru. Mladić i djevojka su nestali u noći. Rukom je prolazio po svom ramenu i vrhu leđa.

"Rekao sam vam šta nas čeka. Rekao! Ali vi niste željeli znati. Ne. Vi ste diskutirali, raspravljali, brbljali... Samo to i znate!"

Savio se kao da ga je rame uistinu zaboljelo. Tada ga je svaki dan mazao kremama, kao i leđa. Opeklina ga je onda još boljela i neugodno svrbjela. Nikada i nije prestala svrbjeti, svih ovih godina, možda samo u rijetkim trenucima kada bi se zaboravio. Nije se i neće se nikada povući, ta izvitoperena koža, taj biljeg, kao ni ta prazna cesta po kojoj su išli mladi vojnici ni ne znajući što tamo rade. Njih četvorica, u vojnoj patroli, kroz *nemirno* područje. Uplašeni, prljavi mladići koji su već tjednima na dužnosti. Izluđeni. Zbunjeni. Kao što su zbunjujuće bile i zapovijedi. Nisu više znali ni tko ih vodi ni tko je neprijatelj. Samo slušaj i šuti. Nije tvoje da misliš. Vozi i šuti. I ta cesta, šuma, zavoj i onda eksplozija, vatra, iskakanje iz zapaljenog vozila, koprcanje po cesti. Vatra koja proždire kožu, kosu, nokte, sve. I taj zvuk koji trese bubnjiće... sssssssssss... i usisava život.

"Neću u rat!" viknuo je Vladimir Klementu i Igoru, a onda se sabrao. Prestao je dirati ožiljak. Uspravio se. "Igor i ja ostajemo. Nema druge."

"Da, Vladimir je u pravu. Vi ostajete. On ide", zapovjedila je Nadia. "Tako je najbolje."

"Who?" upitao je tiho David.

"Ali on nije htio, bez obzira na preklinjanja. Želio je nositi kameru. Biti s Igorom", objasnila je Nadia.

"Who are you talking about?"

"Zbog tebe nije htio. Želio te zadiviti", Klement je dreknuo prema Igoru.

"Mene? Ne. Nije htio zadiviti mene – već tebe!"

"A ti? Koga si ti htio zadiviti? Mene također?!"

Klement se okretao oko sebe i gledao ih, jedno po jedno. Pogled mu je zastao na Davidu.

"Znači, nećeš?"

"What?"

"I, šta ćemo sad?"

"Budite razumni, ovo se ne smije propustiti", rekla je Nadia.

"Ako neće nitko, onda idem ja." Vladimir se opet češao po ramenu. "Rekao sam vam. Služio sam vojsku. Ratno je stanje. Doći će po mene. Samo je pitanje vremena. Ako neće on, idem ja, što dalje iz ovog ludila."

"What's happening here? What are you talking about?" uspaničeno ih je upitao David. Nitko mu nije odgovorio. "Mom?"

Helena je, kao izvan sebe, napeto čekala nastavak. Nije se ni osvrnula na njega.

"Znam, oče, da bi ti bilo draže da to nisam bio ja." Vladimir je tražio Klementov pogled kao da traži potvrdu za svoje riječi. Klement je samo odmahnuo rukom ni ne pogledavši ga.

"I meni."

Svaku noć, kad mu san konačno dođe – san kojeg je, činilo mu se, toliko malo imao od trenutka kada je otišao na služenje vojnog roka – ulazi u taj konvoj. Već dvadeset i pet godina stoji pred čovjekom koji ga pita ime i prezime. Potom gleda na listu. Pita: Klementov? Da. Klementov.

Čovjek zapiše nešto u svoju listu i pušta Vladimira da uđe u autobus. U njemu vidi uplašena lica ljudi koji napuštaju svoj grad, u strahu od onoga što ih čeka na putu do sigurnog teritorija. I što onda kad se stigne *na sigurno?* Vraća se do ulaza i obraća se tom čovjeku.

Kaže, čekajte, ovo nije za mene. Došlo je do zabune. Izlazi iz autobusa. Voditelj konvoja pokušava ga zaustaviti, ali on mu kaže da čeka još malo jer će prava osoba ubrzo doći. I trči kući. I gubi se u ulicama vlastitog grada. Ne pronalazi put kući. Konvoj odlazi.

Tako je u njegovom snu. Onaj dan je ostao na svom mjestu u autobusu. I konvoj je, kroz nekoliko dana i neugodne *checkpointe*, ipak došao do sigurnog teritorija. Tamo je već bila Helena.

"Netko je morao otići. Bilo je samo jedno mjesto", Nadia je zaključila pomirljivo.

"Nismo mogli znati", rekao je Igor.

"Ne, nismo mogli znati", potvrdio je Vladimir.

David je uhvatio Helenu za rame i prodrmao je. Oči su joj bile pune suza.

"Tell me, what are they talking about?" Helena ga je grubo odgurnula i okrenula se k zidu s rukom na ustima.

"Niste znali, je li?!" Klement je dreknuo. Krenuo je prijeteće prema Vladimiru i Igoru. Nisu ga željeli pogledati, kao da su se bojali da ga dodatno ne razjare.

"To je sve šta možete reći? Da niste znali?!" I onda je eksplodirao i udario objema dlanovima po komodi tako da je s nje odletjela slika djeda Oskara i zaustavila se nasred prostorije. Oskar ih je sada gledao odozdo.

"Pa morali ste znati, majku vam vašu! Morali!"

"Polako, Klemente. Dijete je tu." Ali on je i dalje nije čuo.

"Tko vas ne bi poželio?! Takve sinove!"

Okrenuo se prema Vladimiru. "Ti si stariji. Morao si ih zaštiti. A šta si ti napravio?! Je li?!" Klement je gurkao Vladimira. "Govori!" Vladimir se zateturao, ali je i dalje mirno prihvaćao njegove udarce. Nije se branio.

"Šta?!" izderao mu se u uho.

"Klemente, pobogu!" Nadia je uskliknula. Klement je odgurao Vladimira do zida.

"Pobjegao si! Eto šta!" Vladimir se stropoštao uza zid, kao da se više nije mogao držati na nogama.

"Kukavica, obična kukavica!"

Vladimir je pokrio glavu rukama kao da očekuje udarce, ali se Klement, zajapuren, okrenuo na drugu stranu. Uputio se prema Igoru koji je bez ikakvog izraza na licu gledao ovaj prizor. Vladimir se opet češao po ramenu.

"Klemente, nije ti dobro. Sjedi", molila ga je Nadia i vukla za ruku. On ju je otresao i nastavio prema Igoru.

"A ti?! Ti si htio da svijet zna! Idiote!" Klement ga je odgurnuo objema rukama. Igor se zateturao, ali održao se na nogama.

"I šta je svijet uradio kad je saznao?!" Klement ga

je zgrabio za rever jakne. "A? Šta?! Jedno veliko – ništa!!!" Priljubio mu se uz lice i siktao. "Ti si ga povukao za sobom! Ti si ga odveo tamo. Ti si... ti si..."

Klement je pokušavao sakupiti dovoljno kisika da dovrši rečenicu i onda je zaurlao.

"Ti si ga ubio!"

Popustio je stisak. Pustio je Igorovu jaknu. Uhvatio se za srce i pao na koljena, pored njegovih nogu. Jedva je disao, glasno plačući. Igor je ostao nepomičan, gledajući ispred sebe, u prazno. Klement mu se držao za noge, kao da ga preklinje.

"Klemente!"

Helena je sve promatrala oslonjena na zid, kao da se brani. Šminka joj se razlila. Nervozno je pokušavala spustiti haljinu. Jecala je. Klement se pokušao uspraviti i onda se stropoštao na pod.

"Tata!"

Vladimir ga je uhvatio ispod ruku i odvukao ga u fotelju. S čela mu se slijevao znoj. Činilo se da je izgubio svijest. Otkopčali su mu košulju.

"Helena, daj vode!" viknuo je Vladimir. Helena se nije micala. "Helena!"

Prišao joj je hitro. Opalio joj je jaki šamar. Glava joj je odletjela u stranu. Pribrala se i prazno pogledala u Vladimira. "Da, da, evo!"

"Davide, pomozi Heleni! Mama, zovi hitnu pomoć."

"Ne!" zavapio je Klement jedva gutajući zrak. "Pustite me da umrem."

* * *

I opet je na toj ulici rodnog grada. Trče. Svi u prostoriji, osim Davida, znaju kraj priče koju će im ispričati, ali je nikada nisu čuli od njega. Na to su čekali sve ove godine. I sad je nepodnošljivo. Klement glasno škrguće zubima. Helena stoji pored fotelje držeći čašu vode. Nadia mrda glavom, lijevo-desno, kao u transu. Vladimir se opet pognuo i spustio glavu na prsa, kao da se nečim želi zaogrnuti.

Sve je uvijek isto. Samo se kulise mijenjaju. Nedavno u Alepu, isti zvuci. Bacio se u stranu. Još ga je dobro služio taj refleks naučen na domaćem frontu. Onda eksplozija. Kad se prašina raščistila, provjerio je stanje. Dobro je, kamera još radi. Vodič je pored njega, živ.

"There, there!"

Dižu se i kreću dalje, u zaklon. Onda opet taj zvuk koje uho registrira u onom odsutnom djeliću sekunde – 120 mm ovog puta. Prasak. Dobro je. Vodič kima glavom. O.K., O.K. Lezi, puzi, trči! Uskočili su u neku ruševinu, kao i sve oko njih. Polako su išli kroz zgradu, oprezno.

"Stani!"

Ukipili su se. Neki mladići s kalašnjikovima izišli su iz sjene. Imali su možda osamnaest, devetnaest godina. Ovo je njihova zona. Isto, opet isto kao u Kongu, pomislio je Igor. Učinilo mu se da imaju i ista lica, da su to zapravo jedni te isti klinci, samo su promijenili boju kože i lokaciju. Ista je nervoza i strah iza njihovog razmetanja.

Igor je već automatski slijedio pravila za preživljavanje. Na licu pokazati poštovanje mladim gospodarima ruševine. Ne poniziti ih podsmijehom. Spustio je polako kameru i ruksak. Pokazao je gestom da će izvaditi legitimaciju iz gornjeg džepa svog prsluka. O.K.? O.K. Izvadio je novčanik. Sporo.

"Pokazujem im akreditaciju."

Igor ju je pokazao prvo Davidu potom ostalima, dajući im dovoljno vremena da uz iskaznicu dobro promotre i sliku njegove obitelji. Očito je da je postupak uspješan. I u njegovom domu, iznenađenje. Podigle su se obrve, zastao je dah, Nadija ga zabezeknuto promatra. Ne, ipak nije još jedno iznenađenje. To su žena i djeca njegovog poginulog kolege. Dao mu je tu sliku da mu se nađe u neprilici, da omekša ratnike kad ih sretne, da ga zaštiti osmijeh njegove žene i dvoje djece, kad već nema svoje. Nadia je odahnula i u istom trenutku zažalila. Da bar ima djecu i ženu.

Kolega je poginuo. Godinu dana prije. Bomba, postavljena uz put, u Afganistanu. Čista kocka. Nisu mogli zajedno u vozilo.

"Rekao sam, ja idem u dno kolone. On je rekao. Ne, ne, ja ću. Da slikam i kolonu. Vidimo se na odredištu, *amigo*. Naše je vozilo prošlo. Njegovo nije. Našli smo tijelo, dvadesetak metara dalje, bez desne ruke."

Zaustavili su krvarenje na već mrtvom tijelu i dalje se nadajući. Nisu našli ruku. Igor je golim šakama razbacivao pijesak, okretao kamenje i čupao žbunje. Ruke nigdje nije bilo. Zgrabili su ga. Stavili mu lisice na ruke i noge i ubacili u kola. Mislili su da je poludio. Morali su napustiti mjesto što prije. Lupao je glavom o vrata automobila kao riba na suhom, samo da osjeti bol, da se rani. Ni to mu nije pošlo za rukom.

Posjećivao je poslije njegovu ženu i djecu u Parizu. Donosio poklone s *misija* koje im on više nije mogao donositi. Razgovarao o njemu. Govorio o sebi. Susreti su postajali sve kraći. Posljednji put mu je rekla, "Nemoj više dolaziti. Djecu, znaš, to uznemiruje."

Ni ne znaju ta djeca da ih sada gleda grupa alepskih boraca nepoznatih lojalnosti. Igor vadi cigarete, sporo. Malo se opuštaju. Igor izvodi posljednji trik, polaroid aparat. Kao i uvijek, žele se slikati. Dobro je. Možda ćemo živjeti. Igor ih slika. Fotografija izlazi iz aparata. Nagurali su se kao djeca čekajući da se ugledaju na slici. Onda zadirkuju jedan drugoga. Djeca s kalašnjikovima, bombama i noževima. Djeca ubojice. Nekima je brada porasla. Drugima tek mjestimično. Ipak djeca. Žele govoriti.

"Inače ubijamo novinare. Ništa nam dobro nisu donijeli. Ali ti, ti nisi kao drugi. Vidi se to. Odakle si?"

Igor je izvadio francuski pasoš i pokazao na mjesto rođenja. Kimaju glavom, puni razumijevanja, kao da im je sve jasno. Danas mi, jučer vi, a sutra oni koji noćas mirno spavaju. Pita kako da se probiju kroz ruševine. Pokazuju im kuda dalje. Igor im ostavlja cigarete i čokoladu. I onda, čim izbiju na sporednu ulicu, rafali. Trče.

* * *

Snimali smo uobičajene stvari. Granatiranja, mrtve pod ciglama, jureće automobile, sirene hitne pomoći. Uzimali smo izjave preživjelih, trčali u studio da sve brzo montiramo i šaljemo televizijskim stanicama. Odjednom, na voki-toki, javljaju da je napad u tijeku. Borbe se vode u toj i toj ulici. Krećemo. Idemo jedan uz drugog, bok uz bok. Priljubljeni. Približavamo se poprištu bitke. Žestoka izmjena vatre. Skrivamo se iza zida. Trčimo. Pokušavamo snimiti samu bitku. Odjednom ugledam, usred buke obrušavajućih fasada, rafala i detonacija, svečano odjevenu ženu, u pedesetim godinama, gore na balkonu, iznad nas, kao da lebdi. Kao da je krenula na bal, pomislio sam, na početku stoljeća. Smiješno. Čekaj. Ona pjeva. Ona doista pjeva. Ne mogu vjerovati što vidim. Nasmijem se glasno. Naćulim uši da bolje čujem. Ona pjeva ariju. Poludjela operna pjevačica, pomislio sam, još jedna od onih koji gube razum u ovom gradu.

"Gledaj, snimaj tamo! Nevjerojatno!"

Gledam i sam dalje, očaran. Slušam njezinu ariju. Tada nisam znao što je pjevala. Sada znam svaku riječ.

Manon Lescaut. Puccini. Posljednji čin.

Sola, perduta, abbandonata...
in landa desolata! Orror!

U pustopoljini, kao i mi, zar ne? Sami, izgubljeni, napušteni. A činilo nam se, kao i jadnoj Manon, da smo došli u zemlju mira, zar ne, oče? *Terra di pace mi sembrava questa.*

Sada se moja strašna prošlost budi...
I, živa, stoji pred mojim očima...
Ah, krvlju je umrljana...

Isprva, zagledan u nju, nisam ni primijetio da se srušio. Pao je tako tiho. I dalje sam slušao ariju, omađijan prizorom, njezinim glasom.

Rekao sam, "Vidi tamo, Borise, vidi!" To sam mu rekao i pokazao prstom, ne skidajući pogleda s nje. "Ona pjeva!"

Ah, svemu je kraj...

"Boris?" David je prozborio tiho. "Boris." Ponovio je to ime kao da ga pribada na taj novi komadić obiteljske slagalice kojeg tek treba objasniti, spojiti s ostalima, u neki smisao. Ako ga ima.

Sad grob prizivam,
mirno utočište.

Igor se okrenuo. Boris je ležao na asfaltu širom otvorenih očiju. Metak je pogodio srce. Krv se sporo razlijevala ispod njega. Bio je iznenađen, zaustavljen. Gledao je i sam u tu ženu na balkonu koja ga je za ruku odvela u smrt.

Tresao ga je, dozivao ga, govorio mu, ali na mjestu srca, sada je bila rupa kroz koju se život ispuhao kao zrak iz balona. Ostalo je samo mlohavo tijelo, i, odjednom, prazne oči. Uzeo ga je mirno u naručje i sklopio mu vjeđe. Zagrlio ga je, kao onda kada su bili djeca. Ljuljao se, naprijed-nazad, kao nekada kada ga je uspavljivao. Pogledao je još jednom nagore. Žene više nije bilo. Anđeo smrti je obavio svoj posao. Ali, zašto je odveo samo njega? Ljudi su nešto vikali oko njih, ali do Igora ništa više nije dopiralo. Bojali su se prići. Polako su odlazili. Njih dvojica su ostali zagrljeni na toj ulici. Sami.

Sve dok nije pao mrak. "Na mene... i mog brata."

* * *

"Brother."

David je stavio slagalicu s Borisovim imenom na pravo mjesto. Helena je jecala još držeći čašu s vodom. Nadia je i dalje tresla glavom. Klement je gledao u Igora, boreći se s dahom koji je jedva primao u pluća kroz stisnute zube, s rukom na srcu. Vladimir je naslonio glavu na ruku koju je držao na ramenu.

"Odabrao je njega, a ne mene." Igor je bespomoćno raširio ruke. "Nikad neću znati zašto. Nije me htio. Ne tog dana. Mogao je, a ipak nije. Ni jedan drugi poslije njega. Možda je to moja kazna, da tražim taj metak, kako si dobro rekao, oče, po cijeloj kugli zemaljskoj po kojoj leti toliko metaka. Nijedan za mene. Još ne."

"Morao sam mu narediti." Klement je konačno pokušavao obaviti taj očinski razgovor s Borisom. "Najmlađi si i ti ideš. Nema razgovora! Ja sam ti otac i mene ćeš slušati!"

Nadia se i dalje pozivala na činjenice. "Netko se morao spasiti." Činjenice za koje se drži kako joj se um ne bi pomutio. A bilo bi lako prepustiti se ludilu umjesto ove svakodnevne borbe da se ostane na bolećivim nogama, da se nahrani muža koji je odabrao odumiranje, da se redovito čuje s Vladimirom i Helenom, da nauči koristiti kompjuter, da mahne Davidu preko ekrana, da se nada Igoru... Te činjenice, kao činjenica da se netko mogao i morao spasiti, i da je mogao biti samo jedan, ubijaju Klementa, a nju drže na životu. Krivnju im time nije skidala s ramena. Niti je to željela. Uzeli su joj dijete. Svaki na svoj način.

"Ja sam kukavica. U pravu si. Željeti živjeti znači biti kukavica. A ja sam htio živjeti." Vladimir je ustao s poda, kao da mu se vratila snaga. "Je li to toliko strašno, željeti živjeti? Je li?"

Klementova prsa su se ubrzano dizala i spuštala.

"Helena, daj mu tu vodu već jednom!" Helena ga je poslušala, kao i Klement koji je popio nekoliko gutljaja. "Moj otac... mali partizan pa omladinac, heroj radnih akcija, borac za bolji svijet! Rukovodilac, graditelj, samoupravljač!"

Potom se okrenuo prema Igoru. "Je li, brate? Je li to toliko strašno?" Igor ga nije gledao kao da ga nije želio udostojiti pažnje. Usne mu je prekrila brada. Zubima je hvatao brkove i pokušavao ih žvakati.

"Buntovnik bez razloga, miljenik svih, kao i svojih roditelja koji ga naprosto nisu mogli obuzdati. Je li tako, majko? Nikada mu se nisi mogla oduprijeti."

Nadia je zaustavila svoje ritmičke pokrete. Pogledala ga je. Nije mu imala što reći. Bio je u pravu.

"I on, moj drugi, najmlađi brat... naše zajedničko dijete!" Nadia je sad skrenula pogled od Vladimira. "Kako se može boriti protiv svega toga, protiv svih vas, ovaj *prvorođeni?*"

"Davide..." David je poskočio, kao na oprezu pred onim što još može čuti u ovoj ludnici. "Uvijek sam bio dobro dijete, dobar đak, štreber, zainteresiran za tehniku, za radioamaterstvo, za šah, za sport... Pa tko još studira ekonomiju!? Koga briga za račune, statistike i modele kad imamo – hej, beatnike, Tarkovskog, Bukowskog i Velvet Underground!"

Vladimir se šetao po salonu, između njih. Zagledavao ih je kao inspektor koji traži odgovore od nervoznih osumnjičenika.

"Pogledajte me sada!" viknuo je. "Poslušajte me po prvi put!" Svi su ga pogledali, čak i Igor.

"Taj vaš dosadni brat, taj vaš dobri sin, otišao je na

služenje vojnog roka, od čega se uz očeve veze izvukao naš neprilagođeni buntovnik. Za prvog sina ih nisi potegnuo, zar ne? Mislio si da ja nisam toliko osjetljiv da bi me trebalo zaštiti."

Klementu je glava opet pala na prsa, nemoćno. Ožiljak mu je i dalje pulsirao.

"Bio je tamo, u uniformi, s oružjem u ruci, dok se sve zahuktavalo, dok se sve raspadalo, kad su se začuli prvi pucnji... Gorio je tamo, na toj cesti, dok ste vi odbijali progledati! Tražili ste mir, a nož nam je svima bio pod grlom. Vidio sam ga. Ja sam ga vidio sasvim jasno kad su ga izvukli iz korica!"

Zastale su mu riječi, kao da ih je grč ščepao, negdje u grlu. Zanijemio je pokušavajući progutati taj jecaj kako bi riječi konačno izišle van, probile se iz prsa gdje su prebivale već više od dva desetljeća. I nije mogao. Čak ni sada. Presavio se kao da mu razdiru unutrašnjost. Kleknuo je. Iz njega se začuo cvilež.

Ja ga nisam vidio, pomislio je Klement. Taj nož. U pravu je. Ne, nije ga želio vidjeti. Odbijao je vjerovati da bruse noževe, da će sve uništiti, da je nešto takvo uopće moguće. I metak koji mu je ubio sina bio je proizveden u tvornici koju je on gradio. I onaj koji je povukao obarač išao je možda u školu koju je on podigao. Zaposlio mu je možda oca i majku u poduzećima koje je on napravio. Gradio je novi svijet, a nije želio vidjeti pukotine kroz koje će sve zauvijek nestati. Zamišljao je svijet u kojem nitko nikada više neće dječake udarati kundakom u glavu i odvoditi im očeve na Istok.

"Morao sam vas zaštititi, a nisam!" jedva je izgovorio.

"Nisi nas mogao zaštititi", Igor mu je odgovorio hladno kao da iznosi presudu koju je davno donio i oko koje nema daljnje rasprave.

"Morao sam. Morao!"

Vladimir se jedva dogurao do fotelje u koju je utonuo. Otkopčao je dva gornja dugmeta na košulji, kao da se guši.

"Otkako smo sletjeli ovamo, imam osjećaj da jedva dišem. Želio sam otići negdje gdje ne kopaju kosti da razdvoje *svoje* od *tuđih*! Razumijete li? Gdje mi ne analiziraju ni prezime ni krv tražeći razloge za odstrel. Gdje se može biti netko drugi, negdje drugdje! Tamo gdje nema velikih ideja niti jebene slike djeda Oskara!"

Na te riječi, Nadia je ustala i polako otišla do slike na podu. Podigla ju je i vratila na komodu.

"Ima sira. Sad ću ga donijeti."

"And then, when things got rough, you ran away from there as well."

Vladimir se glasno nasmijao na ovu adolescentsku drskost. Sude nam naša djeca ne razumijevajući nas. Ni ne trudeći se da nas razumiju. Uostalom, zašto i bi? Ni mi se nismo trudili da razumijemo svoje roditelje. Možda je tu negdje i pravda, mislio je dok je polako hodao prema viskiju na stolčiću. Potegnuo je gutljaj iz boce.

"Eto, moj sin, sve što imam u životu, sve za što živim, bolje rečeno preživljavam, mi sada kaže da sam obična kukavica, da sam i iz Amerike pobjegao ovamo baš kao što sam u Ameriku pobjegao odavde, kad je zagustilo."

Okrenuo se prema Davidu. "Griješiš ovog puta, sine. Nisam pobjegao. Izbacili su me."

"What?"

Klement se, osupnut, pokušao podići, ali nije mogao. Tek se malo digao, na laktove. Nadia se zaustavila na mjestu, s platom sira u rukama koju je upravo donijela iz kuhinje. Igor je začuđeno pogledao u Helenu. Skupljene ruke, kao u molitvu, držala je pred licem. Oči su joj bile zatvorene.

"Radiš kao konj dvadesetak godina i misliš kako se to tamo cijeni, tamo gdje bi zrak ipak trebao biti nešto zdraviji, u tom boljem svijetu!" ironično je naglašavao svaku riječ, mašući bocom. "A onda, kad je budžet ispao manji od planiranog, kad je opao profit, kada im nisi zaradio dovoljno i ove godine, otkažu projekte i tebe prvog izbace."

"Rekla sam, vratimo se kući", dodala je Helena.

"But this is not *my* home!" viknuo je David. "You've come home, not me! You took me away from *my* home!"

"U ovom slučaju, sine, nisam bio kukavica, samo suvišan. Eto zašto", nastavio je Vladimir kao da ga nije čuo. "U onom prvom slučaju, Davide..." Potegne još jedan gutljaj. "...jedno je bilo mjesto. Jedan je samo mogao otići. Otišao sam ja kad oni nisu htjeli."

David je prezrivo odmahnuo rukom i ljutito otišao do prozora. Gledao je na ulicu. Izvadio je telefon. Nije ga uključio niti pogledao. Lupkao je njime po prozoru. Nitko ga ovog puta nije upozorio da prestane.

"Bilo bi bolje za sve da je odabrao mene, a ne njega. Tako bi bilo bolje." Igor je ponovio svoje prethodne riječi okrećući se prema Vladimiru. "A bilo bi to zgodno i za tebe, zar ne, brate? Da me se uklonilo."

Vladimir je okrenuo glavu od Igora. David je prestao lupkati po prozoru. Helena je otvorila oči.

"Nije me htio ubiti, oče. Nije htio. Ne tog dana. Za to nisam kriv. Za sve ostalo jesam, ali nisam ga mogao natjerati da ubije mene umjesto njega."

"Ne pričaj gluposti!"

Igor je želio još nešto reći ocu, ali ga je Nadia prekinula.

"Izgubila sam svoje sinove. Jedan je barem ušao u taj konvoj. Drugog sam sahranila, a treći... treći se više nije javio. Sve do večeras. Ma što da vas je vratilo kući, sada smo tu opet, zajedno. S Davidom."

"Neke razbijene stvari je nemoguće ponovo sastaviti, majko. Nema *nas* više. Nije samo on umro, već smo i mi neki drugi ljudi. Stranci, zapravo." Krenuo je prema vratima. "Ne zaustavljaj me ovog puta."

"Nemoj", Nadia je rekla, bez snage, i ostala stajati na istom mjestu s platom sira u rukama.

"Otišao je on odavno", Klement je zaključio rezignirano. Vladimir je odložio bocu i uputio se za Igorom.

"Igore, stani! Svi smo izgubili. I ja sam vas izgubio. Sve. Kad sam ušao u taj konvoj."

Igor se zaustavio na samim vratima i ljutito okrenuo prema njemu.

"Sve? Doista? Baš *sve* si izgubio?"

Vladimir mu je pružio ruku.

"Sada smo ovdje. Opet smo zajedno, kao što kaže mama."

"Možda si nas izgubio, brate. Ali si zato dobio..." Zastao je. Pogledao je prvo Helenu pa potom Davida i onda opet Helenu.

"Molim te...." Vladimir je i dalje držao ispruženu ruku.

Igor je zalupio vratima. Nadia je zviznula platu na stol tako da su komadići sira odskočili u zrak, rasuli se okolo, a nekoliko ih se otkotrljalo preko ruba, na pod. Helena je, lupajući glasno svojim cipelama, prohujala kraj Vladimira. Vrata su se za njom još jednom zatvorila s treskom. Vladimir je pogledao u svoju ispruženu ruku. Potom je stavio tu tešku ruku na rame koje je jednom zgužvala vatra.

Sir

Kakav ožiljak!" rekao je. "Samo zamišljam kakvu priču krije."

Ona se polako okrenula. Stajao je pored njenog stola. Vidjela ga je kada je ušao u kafić sa svojim prijateljima. Njegov glas joj je već dugo bio poznat. Zadivljeno ga je slušala na predavanjima kako se suprotstavlja profesorima. Bio je stariji kolega, student posljednje godine književnosti. Ona je bila tek na početku tih istih studija. Slušala je često starije studente kako se po kafićima u okolici fakulteta razmeću znanjem, opskurnim referencama, nedostupnim knjigama. Ipak, on je bio drugačiji. Gradska faca. Mladi pisac koji obećava, novinar, radijski voditelj, glas generacije bez pravih neprijatelja i bez jasne ideje o sebi i budućnosti. Uz njega je uvijek bila, kao i taj dan, atraktivna plavuša u kratkoj crnoj kožnatoj jakni. I sama je bila neka vrsta generacijske legende. Studentica slikarstva. Sklona scenama, provokativnim performansima, čak i skandalima o kojima je pričao cijeli grad i za koje se zanimala policija. Nosio ju je uza sebe kao aksesoar. Ili ona njega.

Uspjela je prikriti ushićenost koju je osjetila kad joj se obratio. Polako je podigla pogled sa svoje knjige. Borges. *Aleph*. Neka vrsta osobne iskaznice za studente mlađih godina književnosti. Nije povukla suknju nadolje, iako je shvatila da joj je skoro cijela noga ogoljena. Ta gola noga ga je zaustavila i prizvala skoro bezobrazni flert.

"Tata je proletio kroz staklo. Mama se zadavila na sjedištu kada ju je zdrobio prednji dio auta. Saznala sam mjesecima poslije da su mrtvi kada sam se probudila iz kome. Uništila sam sve fotografije. Ovo mi je uspomena na roditelje. Jedina koju imam. Samo zamišljam što si ti zamišljao."

Stresao se. Nestao mu je kez s lica. Taj veliki frajer se zbunio. Ostao bez teksta. Smračio se. Otišao. Helena je nastavila čitati knjigu i vaditi bilješke. Nije povukla kratku suknju preko ožiljka. Znala je da ju je nastavio gledati s druge strane kafića, čak i preko ramena mlade umjetnice čiji je smijeh povremeno odjekivao prostorijom. Kada je izišla van, potrčao je za njom.

"Oprosti", rekao je. "Ja sam Igor."

Pružio je ruku koju nije prihvatila. Nastavila je hodati. Krenuo je za njom.

"Znam."

"A ti?"

"Šta ja?"

"Kako se zoveš?"

Nije se okrenula niti mu je odgovorila. Ostao je iza nje. Čestitala si je na ovom uspjehu, na pobjedi, bojeći se istovremeno da joj se više nikada neće javiti. Viđala ga je poslije na predavanjima. Dao joj je do znanja da ju je i sam vidio. Blago bi se naklonio. I dalje ozbiljan. Odgovorila bi mu kratkim kimanjem glave, nezainteresirano. Bojala se da ga ne gleda prečesto, da se ne otkrije. Pomislila je nakon nekoliko tjedana da je glupo propustila priliku, da ju je njezin ponos skupo koštao, da je sigurno smatra čudakinjom. Onda ga je jednog dana opet začula iza sebe na izlasku iz fakulteta.

"Helena!"

Zacrvenjela se. On je krenuo uz nju, bez pitanja. Dugo su šetali po gradu tog dana i poslije još mnogo puta. Iznenadilo ju je da je ni jednom nije pokušao poljubiti. Bila je spremna. Zbunjivalo ju je njegovo zanimanje za nju. Želio je *prijateljstvo*, kako je on to zvao, navodeći francuske filozofe. Prihvatila je, razočarano, to prijateljstvo.

Prva godina studija bližila se kraju. Pozvao ju je na ručak kod svojih roditelja i braće. Vladimir je bio ozbiljan, šutljiv i, kako će otkriti, pouzdan. Boris je bio na samom kraju gimnazije. Odmah ju je zagrlio. Pričao je mnogo i slatko. Klement, uvijek besprijekorno odjeven, dojmio je se kao duhoviti patrijarh. Nadijina strogoća i blagost su je zbunjivali, ali i privlačili.

Nakon toga je dolazila na ručak svaki vikend. Bila je dobrodošla u njihovom domu. Ručkovi bi se pretvarali u večere. Beskrajne razgovore. Karte. Nove filmove na videokasetama. Ostajala bi do kasno s njima. Igor bi je potom pratio kući. I još uvijek je nije poljubio. Pomislila je da mu, uz dvoje braće, možda treba sestra. Ipak, godilo joj je da joj se povjeravao i da su sada svi znali da su bliski.

Kada su završila predavanja, pozvali su je da im se pridruži na moru, na otoku na kojem su imali kuću. Klement je njezinoj baki objasnio važnost odmora za uspješnu studenticu. Iako je prvotno odbijala da je pusti, baki je već Klementovo ime bilo dovoljno da pristane. Činjenica da ju je osobno nazvao predstavljala je neku vrstu časti. Nije joj jedino bilo jasno, kao ni Heleni, što se uistinu događa između njene unuke i njegovog sina.

Ni sada, toliko godina poslije, nije se trudila da spusti haljinu, dok je trčala za Igorom po pustoj ulici.

"Stani!"

Stao je. Na kraju ulice nalazio se mali park. Njezine štikle su iritantno odzvanjale ulicom. Kakav prizor, bože, pomislila je. Polugola žena trči za muškarcem. Jedva je spuštala haljinu. Samo što nije pala. Stala je. Skinula je cipele i potrčala bosa. Gledao ju je kako mu prilazi, sa štiklama u rukama, kao bodežima. Klement je bio u pravu. Odavno je otišao. Samo nije znao kamo. Ni onda. Ni večeras.

* * *

Ugledala ga je čim je brod zašao u duboku uvalu. Čekao ju je na kraju dugog pristaništa. Bio je sam. Mahala mu je šeširom. I on joj je mahao, objema rukama, preplanuo, bos, odjeven samo u kratke hlače. Već je proveo nekoliko tjedana na otoku i pramenovi su mu bili zapetljani od soli. Nisam ti ja sestra, pomislila je Helena gledajući ga s palube. Osmijeh joj je nestao s lica i to ga je zbunilo. Spustio je ruke. Kad je brod pristao, iz hlada su izišli i ostali. Boris joj je potrčao u susret. Vladimir je gurao kolica za njezinu prtljagu. Klement i Nadia su išli sporo, držeći se ruku pod ruku, i mahali joj. Grlili su je i ljubili srdačno, kao da su samo nju čekali da upotpuni otočku idilu. Na kraju ju je i Igor zagrlio, uz poljubac u obraz, i dalje zbunjen njezinom suzdržanošću.

Boris joj je, pričajući brzo o svemu što će raditi na otoku, stavio ruku na rame. Krenuli su ispred svih.

Vladimir je gurao kolica i ispravljao Borisa kad bi pretjerivao. Brodić baš nije bio u tako dobrom stanju; kupanje nije svuda sigurno zbog struja; spremit će opremu za ronjenje, ali sve nije baš tako jednostavno kako to Boris priča... Klement je pitao za baku. Govorio je o otoku. Bio je zaslužan što je otok dobio vodu, tek sedamdesetih.

"Ne možeš ni zamisliti kako je otok izgledao kad smo ovdje došli prvi put!" dodala je Nadia. Svi su im se čudili jer su kupili ruševinu na tom malom, udaljenom otoku. Dok su hodali kroz mjesto, mještani su ih srdačno pozdravljali. Ovo im je bio drugi dom, ponosno je naglasila Nadia.

Nakon ručka otrčali su na kupanje. Potom vožnja brodom. Plivanje u modrim, pješčanim uvalama, u kojima su grane borova skoro doticale more. Sunce joj je polako pržilo nenaviknutu kožu. Večera ih je čekala po povratku. Svježe ulovljena hobotnica koju je iz mora izvukao Igor. Brzo ju je opilo domaće vino i bila je sretna zbog toga. Onda su još jednom otrčali na noćno kupanje, pred kućom. Nikada nije vidjela toliko zvijezda. Igor je bio šutljiv cijelog tog, savršenog dana. Kada ju je pitao nešto, bilo je o ispitima za jesenski rok. Brinuo se da li ih je već počela spremati. Jasno mu je stavila do znanja da ju tema ne zanima. Pričala bi s Borisom o otočkom diskoklubu, o izletu

na obližnji otočić nastanjen samo magarcima, o dje-
vojkama s kojima se druži i pomalo zabavlja. Ili bi
Vladimira pitala o ribama koje su plovile oko njih blago
se smiješeći njegovim detaljnim objašnjenjima.

Kada su konačno odlučili poći na spavanje, otpratio
ju je do sobe. Pokušao je nešto reći. Nije stigao. "Ja ti
nisam sestra", rekla je i tresnula mu šamar. Zatvorila
je vrata pred njegovim zabezeknutim pogledom. Vra-
tio se nakon pola sata kao da mu je toliko vremena
trebalo da shvati. Uvukla ga je u sobu. Vodili su ljubav
po prvi put, bez riječi, skoro bez daha, da ih ne bi čuli.
Ujutro su zajedno sišli na doručak. Držali su se za
ruke. Nitko se nije iznenadio. Bio je to uistinu savršen
dan i savršena noć. Kao i ostali dani i noći na otoku,
obiteljskoj utopiji kojoj je sada pripadala.

Činilo se da tog ljeta sreći nema kraja. I onda se,
pred sam odlazak, Klement jednog jutra vratio uzne-
miren. Ožiljak mu se crvenio. Na terasi lokalne konobe
gdje je obično igrao karte, neki mladi i njemu nepo-
znati čovjek drsko mu je dobacio da je njegovo vrijeme
prošlo.

"Rekao mi je, *tvoja vremena su prošla*. Tako je rekao.
Tvoja vremena."

Klement je ustao od stola, u šoku nije čak ni znao
kako odgovoriti na takvu drskost. Posebno ga je za-
boljelo da nitko drugi nije ništa rekao od svih tih ljudi

koje je poznavao desetljećima. Dok je izlazio, čuo je kako je netko rekao, ispod glasa, "Klement? Čudno ime." U lošem raspoloženju je napustio otok. Nikada se više, nitko od njih, neće vratiti. Utopija je kratko trajala. Sljedećeg ljeta počeo je rat.

* * *

Stajao je pred njom, kao suprotnost onom mladiću koji je došao u njenu sobu one noći, na otoku; pognut, obrastao u bradu, prosijed i iscrpljen.

"*Sister-in-law* kaže se na engleskom za bratovu ženu, zar ne?" nasmijao se prizivajući u sjećanje njihovu prvu noć. "*Belle-soeur*, na francuskom. Ipak si mi na kraju postala sestrom. Kakvom takvom. Baš ono što mi nisi željela biti."

"Da, postala sam ženom tvog brata pa tako i tvojom snahom, zakonskom sestrom."

"Za mene si ostala moja žena."

"Tvoja žena?!" nasmijala se ironično. Igor ju je pogledao uvrijeđeno.

"Čemu se smiješ?"

"Vama. Obojici. Muškarcima. Znaš, u južnoj Africi je jednom izbio spor između kolonizatora i Zulua."

"I?"

"Kolonizatori kojima su Zului prepustili teritorij

smatrali su da im pripada sve na tom teritoriju, uključujući ljude. Zului nisu shvaćali taj princip. Smatrali su da kralju Zulua njegovi ljudi pripadaju bez obzira gdje se nalaze, bez obzira čiji je teritorij, na cijeloj kugli zemaljskoj."

"Kakve veze sve to ima s činjenicom da si se udala za mog brata?"

"I vi ste takvi. Tvoj brat, kao i kolonizatori, misli da mu pripadam jer sam se udala za njega. Ti si kao kralj Zulua, misliš da tebi zauvijek pripadam, ma gdje i s kim bila, samo zato što sam ti prvom pripadala. Tako kažeš, nakon dvadeset i pet godina, da sam *tvoja žena*, iako si me ti napustio."

"Nisam te nikada napustio, Helena."

"Istina. Samo nikada nisi došao po mene tamo gdje si me poslao da te čekam."

Grad još nije bio opkoljen. Barikade, okršaji u predgrađima, prva granatiranja centra, prve žrtve... i još uvijek nada da će se sve brzo završiti. Helena je tada već živjela u Igorovoj sobi. Nakon povratka s ljetovanja, na kraju jesenskog roka, baka je umrla. U snu. Klement i Nadia su organizirali sprovod nakon kojeg su je pozvali da živi s njima. Vladimir je otišao na služenje vojnog roka. Nedugo nakon toga, jednom je Nadiju nazvala "mama", baš kao što je to činio Boris. "Ja ću, mama", rekla je i skočila da se javi na telefon.

Nadia se na nekoliko trenutaka zaustavila i onda joj se nasmiješila. Nesreća se širila oko njih, ali ovaj se dom, za Helenu barem, činio čvrstom zaštitom pred tim poludjelim svijetom o kojem nije željela mnogo znati. Samo Klement, čini se, nije bio imun na njegov utjecaj. Često je vrtio glavom, zbunjen pred zagonetkom novih vremena koja, bez sumnje, više nisu bila *njegova*. Više nije dobro spavao, uvijek jednim uhom prislonjenim uz tranzistor na kojem je konstantno vrtio stanice i slušao sve strašnije izvještaje iz kriznih područja. Brinuo se za Vladimira. Sve se više osamljivao. Stari prijatelji su se preko noći mijenjali, govoreći dotad nezamislive stvari o novoj stvarnosti i, posebno, o zajedničkoj prošlosti.

Onda se vratio Vladimir. Opečen. Noću je stenjao od bolova. Nadia ga je previjala svaki dan. Tamo gdje je bio rasplamsali su se sukobi. Polako su im se približavali. Kada su došli i do njihovog grada, donesena je odluka. Mora se otputovati, na sigurno mjesto, u grad u kojem nema rata. Helena je pristala nakon što je Igor obećao da će za najviše petnaestak dana, ako se situacija ne smiri, krenuti za njom i da će onda zajedno tražiti vizu za dalje, za Pariz. Ako se stanje smiri, Helena će se vratiti. Boris je rekao da ostaje s Igorom kojeg je već počeo pratiti u novinarskim zadacima.

Vladimir je bio šutljiv i povučen. Ponavljao je da bismo svi morali pobjeći, što prije, bez oklijevanja. Klement je bio odlučan: "Samo me mrtvog mogu odvesti odavde. Živog, nikad!"

Helena je otišla jednim od autobusa prenatrpanih djecom i ženama koje su "evakuirali" tih dana. Došla je u grad u kojem je bilo "mirno", iako bojište ni tamo nije bilo daleko. Našla je sobicu u kojoj je dane provodila slušajući vijesti, kao što je činio Klement, čekajući Igora s ispunjenim papirima za francusku vizu. Kad više ne bi mogla izdržati sve gore vijesti, išla bi u duge šetnje nepoznatim gradom. Osim izbjeglih koje je bilo lako prepoznati, ostali ljudi su, činilo joj se, neometeno živjeli svoje živote. Parovi su se ljubili na popodnevnim projekcijama. Zavidjela im je. Neki gimnazijalci su glasno slavili kraj srednje škole, posipavajući se brašnom i gađajući se jajima. I njima je zavidjela.

Prošla su dva tjedna. Igor nije dolazio. Rekao je da će ugrabiti prvu priliku. Nije se više ukazala. Grad je već bio pod opsadom. Tek rijetko bi uspjela čuti Igorov glas, preko veza koje su uspostavljali radioamateri. Govorio je da su svi dobro i da će stići čim se grad *deblokira*. Bit će to brzo, uvjeravao ju je.

Nakon mjesec dana na njenim se vratima pojavio

Vladimir. Zagrlili su se i plakali. Rekao joj je za jedno mjesto u konvoju. Rekao joj je da odlazi dalje. Ona je rekla da će čekati Igora (možda će biti još konvoja u kojima će biti dva mjesta za obojicu) i da će onda svi zajedno otići nekamo dalje. Vladimir je ujutro predao papire za Ameriku.

Igor bi se ponekad javio. Usred noći. Jednom u desetak dana. Strani novinari ili službenici UN-a kojima je služio kao vodič, ponekad bi ga spojili satelitskim telefonom. Kratke rečenice, u minutu-dvije. Roditelji su dobro. Boris i on su dobro. Onda se prestao javljati.

Sad je sjedio na klupi, ispred nje, dvadeset i pet godina poslije.

"Zašto si mi pisala?"

"Jer je došlo vrijeme."

"Samo budale misle da vrijeme nešto mijenja."

"Ja sam ta budala."

"Ja sam budala što sam došao večeras."

"Nemoj nam opet okrenuti leđa", stavila mu je ruku na rame.

Ustao je, odgurnuvši srdito njezinu ruku. "Ja sam *vama* okrenuo leđa? Ja *vama*?! Pa šta sam trebao, biti vam kum na vjenčanju? Samo ne znam: čiji? Tvoj? Ili njegov?"

Helena i Vladimir su pokušavali na sve načine uspostaviti vezu. Crveni križ je konačno omogućio slanje pisama. Pisali su svakodnevno. Bez odgovora. Kada bi se čulo za novi "konvoj", trčali bi na autobusni kolodvor. Ni Igora ni Borisa nije bilo. I onda je jednog dana u tek pristiglom autobusu sa ženama i djecom Vladimir ugledao kolegicu s fakulteta. Brzo su pritrčali jedno drugom. Ona ih je zagrlila, radosna jer je srela nekog poznatog. Onda se uozbiljila, kao da se tren prije bila zaboravila.

"Oprosti, Vladimire. Primi moje saučešće."

Vidjela je iznenađenje na njihovim licima.

"O, bože, pa vi ne znate?"

"Ne znamo... šta?" rekao je Vladimir uhvativši se za rame.

"Brat ti je poginuo."

"Koji?" upitao je Vladimir jedva čujnim glasom koji se probio iz bolne grimase. Helena nije mogla izustiti niti riječ.

"Oprostite mi, molim vas. Mislila sam da znate", zastala je shvativši da im baš ona donosi loše vijesti. "Boris. Boris je poginuo. Snajper. Igor je bio uz njega. Srećom, on je preživio."

Vladimir se okrenuo i, kao mjesečar, odšetao od autobusa. Helena je potrčala za njim. Pratila ga je ne govoreći ništa. Išao je tako, bez stajanja, bez pravca, skoro sat vremena. I onda se zaustavio, kao probuđen. Okrenuo se. Gledao je oko sebe izgubljeno. Helena je bila iza njega. Konačno je pokazao da ju prepoznaje. Zagrlila ga je. Tada se počeo tresti. Stisla ga je čvrsto, uz sebe. Njegove obilne suze našle su put do njezinog vrata i potom su joj klizile, jedna po jedna, niz leđa.

* * *

"Nakon Borisove smrti više mi se nisi javio. Zašto?"

Slegnuo je ramenima i okrenuo se od nje.

"Stani malo."

Ponovo mu je prišla i uhvatila ga za rame. Okrenula ga je k sebi. "Što se doista dogodilo? Reci mi. Godinama čekam na ovaj razgovor."

Što se, zapravo, dogodilo?

Rat nije prestao. Njegova je djevojka otišla, na sigurno. Onda je i njegov brat otišao tamo. Njegov mlađi brat je poginuo na njegovim rukama. Nakon Borisove smrti prekinuo je kontakt i s njom i s roditeljima. Otišao je od kuće. Ratovi ne prestaju, čak i kada stanu. Do dana današnjeg.

Zar nije imao barem želju da joj se javi? Barem jednu riječ? Što se dogodilo s njihovom ljubavi?

O čemu pisati? O mrtvima, bombama, razaranju, svijetu koji zauvijek nestaje i još se prepoznaje samo u slučajnom susretu na cesti, s nekim poznatim, dragim ali sada davnim licem, zauvijek promijenjenim, kao i on sam? Ili, možda, o očevom pogledu kada su se sreli u mrtvačnici? Još mu je na rukama bila Borisova osušena krv. Klement ga nije zagrlio. Plakali su, svatko za sebe.

Da li joj je možda trebao pisati o tome kako nije smogao snage da ode na Borisovu sahranu? Ne, nije se više vratio kući. Nastavio je raditi svoj posao. Samo mu je to preostalo i samo je to znao: raditi taj posao, ako je to uopće posao, kao što kaže Klement. Donošenje loših vijesti dobrim ljudima, kao tada svom ocu. Tako već dvadeset i pet godina.

Ona ga je i dalje čekala, mjesecima poslije. U tom gradu imala je samo njegovog brata.

"Oh, oni su imali samo jedno drugo", Igor se ironično nacerio.

Da, oni su imali samo jedno drugo. Grad je bio prepun izbjeglica i vojske. Vladimir se plašio da ga ne uhapse ili prisilno mobiliziraju. Ne zna kako bi preživjela bez njega. Jednog dana su mu javili da je dobio vizu za Ameriku. Radost i tuga. Njegov odlazak. Samoća. Radio i povremeni pozivi iz Amerike za koje je živjela. Vladimir joj je slao novac. Govorio je, dođi, moći ćemo im svima više pomoći odavde.

Ona ga je i dalje čekala. Pseće. Čekala je na samo jednu njegovu riječ da čekanje postane lakše i da se produži unedogled. Onda je jednog dana i sama predala papire u američki konzulat. Nastavila mu je slati pakete. I njegovim roditeljima.

"Najljepši paketi na svijetu! Kakva radost u redakciji kada bi Klement paket ostavio na recepciji Televizije!" uskliknuo je Igor.

On joj nije pisao, ali joj je pisao konzulat. Uskoro se našla u avionu za Chicago, s koferom punim beskorisnih stvari. Većinu je bacila, ali ne i Borgesa. Ne i *Aleph*. Bio je to dokaz da je nekada, negdje, imala život u kojem je bila studentica književnosti koju je volio jedan mladić. Onesvijestila se u naručju njegovog brata, od tuge i od sreće. U koferu su još bile školjke s otoka. I njih je sačuvala. I jednu fotografiju.

Barovi, mekdonaldsi, skladišta, restorani, kamioni, gradilišta... radili bi oboje po cijele dane da zarade za stanarinu, hranu, za pakete. Kada bi se sreli u stančiću pored jezera, vadili bi sve što su zaradili tog dana. Koja sreća! Preživjeli su još jedan dan! Čak bi si ponekad priuštili kino nakon što pošalju paket. Onda bi došla krivnja, i zbog kina i zbog kokica. Ne progovarajući više, zatvarali bi se u svoje sobe. Onda su shvatili da rat neće stati i da će ipak još dugo ostati u Americi. Vratili su se na fakultet. Odlučila je da završi književnost. Potom je upisala magisterij iz bibliotekarstva. On je započeo doktorat. Ujutro bi rano ustajao. Kada bi se probudila, doručak je uvijek bio na stolu.

"Prekrasno!" Igor je uskliknuo zajedljivo.

"Unatoč krivnji koju sam osjećala, zavoljela sam tvog brata."

"I tako je zavoljela jednog, a prestala voljeti drugog! Nema veze! Važno da sve, kao u svakoj dobroj građanskoj kući, ostane – u familiji!"

"Upravo sam ti rekla kako se to dogodilo nadajući se da ćeš me razumjeti."

"Razumjeti? To tražiš od mene? Jesi li ti svjesna šta si uradila? Od svih ljudi na ovom svijetu i od svih muškaraca u gradu Chicagu, odabrala si *mog* brata! Tog šupka!"

Helena ga je udarila koljenom u stomak. Savio se, iznenađeno, i onda se počeo smijati, nekontrolirano.

"Prvo jebe jednog brata, onda drugog. Da je treći ostao živ, vjerojatno bi i njega kresnula!"

Udarila ga je šakom u lice. I sama se iznenadila. Igor je pao na koljena, a onda se prevrnuo na stranu i dalje se smijući.

"Đubre jedno! Đubre jedno pokvareno!" Udarala ga je sada bosim nogama. A onda je digla haljinu preko bokova i spustila čarape do koljena.

"Zaboravio si na ovo, je li?!" Zgrabila ga je za kosu, dignula mu glavu i gurnula mu pred lice svoj dugi ožiljak. Nije se opirao.

"Zaboravio si da sam bila siroče!"

Onda ju je izdala snaga i pala je na koljena pored njega. Ridala je.

"Nisam imala nikoga na svijetu. Osim tebe!"

Digla je ruke kao da ga je namjeravala još jednom udariti, ali su joj se ruke samo blago spustile na njegovu glavu. Zagrlila ga je. Odgurnuo ju je i ustao.

"Nisam zaboravio. Bila si siroče, Helena, koje je mene napravilo siročetom. Uzela si mi brata. Rodila si mu dijete. Tako si zauvijek postala dio moje porodice u kojoj ja tim preslagivanjem više nisam imao mjesta. Ne možeš nas sve imati."

"Ponovo smo zajedno. Moguće je, ipak."

"Da, dobro vam je išlo dok se ja nisam pojavio! Što si mislila da će se dogoditi kad si mi pisala?"

"Mislila sam da si i ti, kroz sve ove godine, shvatio da imamo samo jedni druge."

"Vlastitom sinu lažete otkada se rodio! I ja sam sada trebao pristati na vašu laž?!"

Urlao je. Nije se pomicala. Iznerviran, zgrabio ju je za kosu. Gledao ju je odozgo. "Tu si mi ulogu namijenila, je li?!" I dalje je šutjela. Povukao ju je za pramen. "Je li?!"

"Pusti me!"

Pustio ju je. Sjedila je na stazi u parku, sa napola spuštenim čarapama, zadignutom suknjom, bosa. Kao da se, vidjevši je takvu, tek tada sabrao. Skinuo je jaknu i zaogrnuo je. Sjeo je, iznuren, na klupu. Helena je polako ustala. Navukla je čarape i spustila haljinu. Sjela je do njega.

"Davida nismo željeli opterećivati. Željeli smo da raste slobodno. Oslobođen od naše prošlosti."

"Kako vam je samo uspjelo mene i Borisa ukloniti s te slike?"

"Škarama", rekla je hladno. Igor se trgnuo i pogledao je u čudu. Objasnila mu je da je, na odlasku, ponijela svoju najdražu fotografiju.

"Onu s otoka?"

Ne znaju tko ih je uslikao. Možda netko od kupača na mjesnoj plaži. Na njoj, Helenu kao iz mora tek isplivalu sirenu na rukama drže, redom, Boris, Igor, Vladimir, Nadia i Klement. Helena se, u bikiniju, nalaktila i vragolasto nasmijala u kameru. Trenutak nepomućene radosti uhvaćen na celuloidu.

Onog dana kada su saznali za Borisovu smrt, Vladimir i Helena još su dugo lutali gradom. Kada su došli u svoju sobu i kada je Vladimir zaspao, kao i obično, na tankom madracu na podu, izvadila je tu sliku, tu sada bolnu uspomenu na davno prošle dane. Uzela je škare i izrezala Borisa.

"Na aerodromu, kada sam krenula za Chicago,

izrezala sam i tebe. Bacila sam te u kantu za otpatke. Za dijete vas dvojica niste postojali."

Igor ju je i dalje zapanjeno gledao. "I nakon svih ovih godina, Helena, ne prestaješ me iznenađivati."

"Željeli smo mu najbolje."

"Niste prvi roditelji koji su upropastili vlastitu djecu jer su im željeli *najbolje*."

"Nismo lagali, kao što si rekao."

"Ne. Samo ste šutjeli o kosturima iz ormara."

"Kosture je bilo bolje ostaviti u ormaru. Ili izvan slike."

"Zašto si ih onda baš sada izvukla iz ormara?"

"Neke priče imaju vijek trajanja. Ova priča koju smo živjeli cijeli Davidov život se potrošila."

"Kako se to priče *potroše*? Objasni mi."

"Tako što više ne vrše svoju funkciju. Tako što u njima više nikome nije dobro. Tako što ih je potrebno mijenjati."

"Kako ste shvatili da vaša savršena laž, pardon, poluistina, više nije dovoljna?"

"Tako što je dijete odraslo. Tako što nas je počeo propitivati, na sve moguće načine. Tako što su počeli problemi u školi. Tako što nam ni kuća, ni dva auta, ni ljetovanja u Meksiku više nisu bila dovoljna. I onda je njegov otkaz presudio. Napustila sam poziciju voditelja kolekcije rijetkih rukopisa i oprostila se od Afrike u kojoj sam ionako predugo živjela. Rekla sam, vraćamo se."

"I mislite da će vam ovdje biti bolje? Baš ovdje?"

"Ne znam."

"Zašto jednu iluziju niste zamijenili drugom?"

"Zato što je došlo vrijeme za istinu."

"Što ti zapravo želiš? Pokušavam to saznati otkako sam primio tvoju poruku."

"Željela sam da mi dijete ima baku i djeda. Da nam dolaze u posjetu. Da mi idemo njima u posjetu, kao večeras. Pisala sam ti jer želim da mi dijete ima strica i da brat ima brata. Jer je došlo vrijeme da te vratim na sliku."

"Iz kante za smeće?" Igor je vrtio glavom, u nevjerici. "I da ti nekadašnji ljubavnik konačno postane brat? *Brother-in-law*! Da se s kostura strese prašina pa da ih se vrati u ormar."

"Ne, ne natrag u ormar." Helena mu je odgovorila mirno. "Nego u grob."

"Ima kostura koje se ne može zakopati! Tu si se prevarila."

Opet je ustao iznervirano i odšetao nekoliko metara dalje, do ruba parka. Tamo je stao.

"Mi smo porodica. Imamo samo jedni druge."

"Ne, *vi* imate jedni druge!" vratio se i ispružio prst kao da ju želi konačno podučiti toj lekciji. "Ja sam taj koji kvari sve. Kako to ne vidiš? Ja sam višak."

Helena ga je munjevito zgrabila za prst. Pokušao ga je istrgnuti iz njezine šake, ali ga ona nije puštala.

"Ne, ti si ono što nedostaje."

Jedva je izvukao prst i krenuo kroz park. Potrčala je za njim. Postavila se ispred njega. Skoro ju je srušio, ali nije se dala ukloniti.

"Pusti me da konačno odem, Helena."

"Nisi me dobro čuo. Zavoljela sam tvog brata, ali tebe nisam prestala voljeti."

"Jesi li mi zato pisala?"

"Jesi li zato došao?"

Uzeo je njezino lice u svoje dlanove. Nije se opirala. Rekao joj je da u svom stanu u Parizu i sam čuva tu sliku s otoka. Jedino što je ostalo od svih njih. Pored slike je uvijek busen jerihonske ruže. Cvijeta uskrsnuća. Najzahvalnije biljke. Kada ga nema mjesecima, skupi se i strpljivo čeka. Dovoljno je da joj, po povratku, da malo vode da se rascvjeta i ponovo oživi. Osuši se, ali nikada ne umire.

"Kuća je i dalje tamo", rekla je. Igor je ustuknuo. "Čeka nas, sve ove godine."

"Molim?"

"Nazvala sam mjesni odbor. Krov je propao. Neke su stvari odnesene. Nakupilo se lišće."

"Ne, ne mogu..." Uistinu nije mogao vjerovati što čuje. Opet ga je iznenadila.

"Malo će nam trebati da je obnovimo."

"Bože, Helena."

Prišla mu je. Zagrlila ga je.

"Uvijek si bila i ostala samo ti. Prošao sam cijeli svijet. Nisam našao niti smrt niti drugi život iz kojeg bih te mogao izrezati. Tebe, Borisa, taj prokleti otok. Uvijek je sreća uključivala nas dvoje kako šećemo po vjetrovitim bulevarima o kojima smo toliko sanjali. Počinjemo iznova. Daleko od svega."

Odmakla se od njega. Uzela mu je lice u svoje dlanove.

"Pogledaj me. Pogledaj me sada konačno. Pogledaj me tko sam sada, bosa, s razmazanom šminkom i uništenom frizurom, poderanim čarapama i preuskom haljinom za moje godine."

Pokušao je izvući glavu iz njenog stiska. Nije uspio.

"Ja nisam ona žena koju si volio i o kojoj sanjaš sve ove godine. S nekom drugom ženom se u svojoj glavi šećeš po tim zamišljenim ulicama. Nije ti se nedavno javila ona djevojka od prije dvadesetak godina da ti kaže da se vratila u naš grad i da te čeka, već ova žena koja stoji tu pred tobom, ova žena koju želim da konačno vidiš onakvu kakva jest, koja je prekoračila četrdeset i petu i koja je majka skoro punoljetnog sina!"

"I koja je žena mog brata."

"Da! Ja sam žena tvog brata! Znam da ne tražim malo od tebe kad te molim da se upoznamo. Ponovo. Želim te znati kakav si danas i želim da me upoznaš kao ženu koja sam postala."

Zamukli su, oboje. Gledali su se, bez snage da bilo što izgovore ili učine.

"Igore!"

Nadijin glas prolomio se ulicom.

"Helena!"

Nadia je stajala na stotinjak metara od njih, naslonjena uz zgradu. Više nije mogla dalje. Oboje su, uspaničeni, potrčali prema njoj.

"Šta je bilo?!"

"Nestao je!"

"Tko, mama?"

"David! David je nestao!"

"O, bože!" uzviknula je Helena. "Što se dogodilo?!"

"Ne znam. Samo je nestao."

"Naći ćemo ga. Ne brinite", Igor je zagrlio Nadiju lijevom rukom. "Hajdemo kući."

Drugu je ruku prebacio preko Heleninog ramena.

Nametnula mu se misao da su sada uz njega dvije naj-
važnije žene njegovog života. Privukao ih je bliže sebi.
Dok su prilazili zgradi, pogledao je nagore. Protrnuo
je. David ih je promatrao sjedeći na samom rubu krova.
Kao demon na katedrali.

Kolač

Grizu se kao psi, povređuju, muče, natječu, varaju, ubijaju. Ista krv, isto meso, iste kosti. Sinovi koje je rodila, odgojila i izgubila. Jedan je ostao blizu nje, zauvijek, u grobu koji sama obilazi svakog vikenda. Oni preživjeli su se sada vratili na domaće bojište da se dokrajče.

Tako je mislila Nadia dok se sporo spuštala niz stepenice pridržavajući se za rukohvat. Tri sina koji su obilježili tijelo, kao miljokazi njezinog života, na donjem dijelu trbuha. Morali su je rezati, svaki put, da ih izvade iz nje. Tri sina. I muž. Četiri muškarca. Dovoljno da se isisa vrijeme jednog dana za bilo što drugo. Napustila je studije kad je ostala trudna s Vladimirom. Prvi ožiljak. Podrazumijevalo se da će drugo dijete uskoro biti na putu. I tako je bilo. Nakon dvije godine drugi horizontalni ožiljak, odmah iznad prvog. Dva dječaka su bila dovoljna. Treći je ožiljak došao neplanirano i vertikalno. Podsjećali su je na sidro, ti ožiljci.

Ugledala ju je u parku s uzdignutim rukama. Bila je njezin nevidljivi ožiljak. Četiri muškarca i jedna žena. Došla je jednom prilikom na ručak i ostala u njihovim životima. Prvo jedan sin pa drugi. Pa unuk. Pet muškaraca i jedna žena! To je ispravni račun. Nadia se gorko nasmiješila. Helena se čvrsto zakačila za krakove njenog sidra. Morala ju je prihvatiti; nju koja je spasila Vladimira, koja im je dala Davida i koja im je sada vratila Igora. Tko zna što želi s njim, s nama svima, pomislila je Nadia.

Nije ih odmah zazvala. Stala je. Naslonila se na zid. Jedva se držala na nogama. Krenula je isprva u suprotnom pravcu. Tamo ih nije bilo. Onda se spustila niz ulicu i ugledala ih u parku. Helena je digla ruke iznad sebe, a potom se spustila na Igora koji je ležao na zemlji. Činilo se da se grle. Nema kraja, pomislila je, dok se ne poubijamo. Onda je naglo ustao. Promatrala ih je kako se raspravljaju, udaljuju jedno od drugog, ponovo spajaju.

I dalje su joj u ušima odjekivala ta dva udarca zalupljenih vrata. Nije više mogla stajati na klecavim nogama pa se spustila u stolac. Nagazila je komadić sira. Glava joj je bila otežala pa ju je podbočila rukama. Klement je nemoćno zborio u bradu zatvorenih očiju. Vladimir je šetao gore-dolje po salonu, s rukom na ramenu. U jednom trenutku, David je stajao kraj prozora. A onda ga više nije bilo.

Nadia je ustala i otišla u kuhinju. Prenuo ju je miris tek ispečenog kolača. Izvadila je makovnjaču. Isjekla ju je da se ohladi. Sjetila se Davida kojem je željela dati prvi komad. Prošla je cijeli stan, ali ga nije bilo. Ni na balkonu. Nigdje.

"Gdje je?" rekla je panično. Ni Klement ni Vladimir nisu odgovarali. "Gdje je David?" Šutjeli su.

"Vladimire, nema Davida." Protresla ga je. "Nema ga."

"Ma tu je negdje."

"U stanu nije. Možda je izišao?"

"Pusti ga. Vratit će se."

Nadia je prodrmala Klementa. "Nema Davida."

"Šta?" Uhvatio se ponovo za srce, bolno. "Kako ga nema?"

Nadia je dozivala Davida, po sobama. Opet je otišla na balkon. Potom je krenula prema izlaznim vratima. Uzela je šal. Skinula je nakit. Učinio joj se groteksnim. Izula je te svečane cipele koje su je već nažuljale i nabrzinu navukla prve koje je našla. Kad je zalupila vratima, Vladimir se trgnuo. Klement je širom otvorio oči.

Vladimir je upravo pokupio komad sira s poda i stavio ga usta kada su se Igor, Nadia i Helena vratili u stan. Igor se odmah uputio na balkon.

"Šta se dogodilo?" upitala je Helena skidajući Igorovu jaknu. Vladimir ju je pogledao, zastao na trenutak, pa slegnuo ramenima. "Gdje je?"

"Ne znam. Nestao je. Nakon što si ti otrčala... za čim si već otrčala."

"Ma sigurno negdje sluša muziku na miru", dodao je Klement.

Helena se ushodala po stanu. Sad je otvarala ormare.

"Davide, dosta je bilo!"

"Misliš da već nismo sve pregledali." Vladimir se nasmijao kiselo i pokupio još jedan komad sira s poda.

"Jeste ga zvali na telefon? Sad ću ja. Gdje mi je telefon?"

"A gdje su ti cipele?" začudio se Vladimir. Stopala su joj bila prljava, a čarape na prstima pokidane. "I šta misliš da se toga nismo sjetili? Ne javlja se."

"Pa zovimo policiju!"

"Policija nam ne može pomoći. Premalo je vremena prošlo. Moramo sačekati jutro."

Igor je s balkona gledao Davida kako poskakuje po

krovu. Zatim je zastao, na samom rubu, i promatrao grad. Zapalio je cigaretu. Igor nije htio dizati paniku. Počeo se penjati.

"A gdje je Igor?!" uzviknula je Nadia očajno.

"Bio je na balkonu maloprije", rekao je Vladimir.

Nadia je potrčala na balkon. Kriknula je uplašeno. Vladimir i Helena su potrčali na balkon. Za njima se polako vukao Klement.

"Eno ih! Bože! Igore!"

"U redu je, mama. Ne brini", dobacio joj je Igor.

"Davide, šta radiš gore!" viknuo je Vladimir kad ga je ugledao na krovu. "Silazi odmah!"

"Igore, čekaj", rekla je Nadia i otrčala natrag u stan.

"David, please come down!" preklinjala ga je Helena. "Igore, pazi, molim te."

David ih je samo pogledao i, kao da ga se ne tiču, nastavio svoj ples po krovu. Nadia se vratila na balkon noseći nekoliko komada kolača. "Uzmi. Za Davida." Dodala ih je Igoru koji ih je ugurao u prednji džep dukserice. Nastavio se penjati. Napeto su ga promatrali. Nije se usuđivao pogledati nadolje. Dohvatio je oluk. Stavio je nogu u udubinu na fasadi, odgurnuo se i sada je već stajao na posljednjoj platformi prije krova. Pokušao se prebaciti na crjepove.

"Igore, pazi!" doviknuo je Vladimir. "Evo i mene!"

Uhvatio se za gromobran, ali nije daleko odmakao.

Helena i Nadia su ga zgrabile i spustile dolje. Igor se okrenuo i rekao im da ih puste malo na miru. David mu je pružio ruku.

"Dobro, dobro", rekao je Vladimir. "S Igorom je. Sve će biti dobro."

* * *

Kad mu je pružio ruku, Igor je primijetio da mu je, od šake do lakta, ispunjena čitavim nizom tankih ožiljaka. Nije ništa rekao. Pokušavao je doći do daha sjedeći na klizavim crjepovima. Tek se tada usudio pogledati dolje. Zaboravio je kako je zapravo visoko. David se nasmijao, vidjevši Igorovu zabrinutost. Dao mu je upaljenu cigaretu.

"Thank you. I really need one!" rekao je Igor i još jednom dugo otpuhnuo. David je poskočio. Sad je bio na samom rubu. Igor se stresao. David mu se opet nasmiješio. To ga nije smirilo.

"I used to climb here as well, you know. It's not bad here, but it's a bit too high, don't you think?" Igor je rekao obazrivo.

"Bolje je tu nego dolje, zar ne? Kad si iznad grada, kao da i nisi u njemu. Kad si iznad svih, kao da nisi s njima."

"Čekaj, ti govoriš...?"

"Naravno."

David je gledao u daljinu, preko krovova zgrada, dolje prema rijeci.

"Zašto onda...?"

"Nedostaje mi engleski."

"Nedostaje ti Chicago."

"Chicago, baby!" zaurlao je. Njegov glas je odjekivao preko krovova praznog grada. "Da, nedostaje mi moj rodni grad. Gledaj samo ovu vukojebinu iz koje ste svi vi ispuzali. Vukojebina? Tako se kaže, zar ne?"

"Da, tako se kaže", nasmijao se Igor ne pomjerajući se. "Ne biramo rodni grad. Tebi i nije tako loše ispalo. *Chicago, baby!* Tamo nikada nisam bio."

"Pokazat ću ti ga jednom!" rekao je veselo i iskreno. Igor ga je pogledao kao da želi sačuvati ovaj mali trenutak prisnosti. David je skrenuo pogled. "Tamo sam se i naučio verati po krovovima. Ja i moja ekipa iz Evanstona. Jesi čuo za Evanston?"

"Zar nije tamo Vladimir predavao..."

"Yep. Kellogg School of Management, Northwestern University", podsmješljivo je izdeklamirao puni naziv. "Tamo je bogate klince učio kako da postanu još bogatiji. Zato smo živjeli u Evanstonu, pored fakulteta. Evanston od Chicaga dijeli samo jedna ulica. Howard Street. Često bih sa svojom ekipom išao tamo. Jesi čuo za Howard Street?"

Ne, Igor, nije čuo. David mu je zaneseno objasnio da je tu čak i Al Capone imao jednu od svojih tajnih točionica u vremenima prohibicije. Nekad je, inače, cijela ulica bila puna barova, klubova i plesnih dvorana. Onda je sve počelo propadati. Čitav je kvart postao crnački geto. Policijske patrole, nagorene zgrade i ruševine. Za bijele klince iz Evanstona ta je ulica imala skoro magični prizvuk. Često bi se penjali po napuštenim zgradama. Vozili bi bicikl i skejtbord po ravnim krovovima ili čak skakali s jednog na drugi krov. *Parkour.* U ulici je ostalo samo nekoliko otvorenih radnji. Među njima se nalazio i Mihailov postolarski obrt. Mihail je bio posljednji preživjeli iz starih vremena ulice Howard. Živa legenda.

"Mislio sam na njega večeras."

Mihail je preživio i mnoge druge stvari prije nego što je stigao u Howard Street. Na podlaktici je imao broj iz konclogora. Nitko nije znao kojeg je doista porijekla, Rus, Židov, ili oboje. Došao je u Chicago nakon rata, sam, jedini živ od svoje obitelji, i otvorio cipelarsku radnju u ovoj ulici koju će kroz godine napustiti svi. Ali, ne i on. Vidio je kako ulica propada, kako bande polako dolaze, vidio je obračune, dilanje i policijsko nasilje. I nije odlazio. Sve su reketarili, ali ne i Mihaila.

Jednom su dvojica upala u njegovu radnju, pričalo

se, s pištoljima. Učinilo im se čudnim da starca nisu uplašile njihove pucaljke. Mihail je mirno saslušao prijetnje i zahtjeve. Onda je isto tako mirno izvadio ogroman komad debele gume. Ispitivao ga je u rukama kao da i nije prestao raditi na đonu ženske zimske cipele. Nisu se ni snašli, a već ih je zviznuo tom gumom po licu. Onda im je polomio ruke, uzeo oružje i izbacio na cestu da ih pokupe ortaci. To je bio posljednji put da su mu prijetili.

"Mihaila nitko nije mogao otjerati s Howard Streeta!" uskliknuo je David.

"Sjajna priča!" zapljeskao je Igor. Priželjkivao je ipak da se David barem malo udalji od ruba, ali se bojao bilo što reći ili učiniti.

"Jednom smo tako trčali preko tih ravnih krovova. Nisam ni znao da sam skočio na Mihailovu radnju."

David nije ni primijetio da su se svi odjednom razbježali. Nije ni stigao shvatiti što se doista događa kad ga je Mihail zgrabio s leđa i tresnuo o pod. Učinilo mu se da u rukama drži onu istu debelu gumu. Mihail je morao imati osamdesetak godina, ali je još uvijek bio snažan. Zamahnuo je svojom širokom postolarskom rukom da ga udari, ali onda je odjednom stao.

"Tako sam se uplašio da sam zaboravio engleski. Govorio sam na ovom, vašem jeziku... *ne, ne, nemojte, nemojte, molim vas!*"

Mihail se iznenadio. Spustio je ruku i dalje stojeći prijeteće iznad njega. Pitao ga je odakle je. David je rekao da je iz Evanstona. Mihail ga je onda upitao odakle su mu roditelji. Rekao mu je. Kao da ga je to razoružalo. Podigao je dječaka koji se još tresao od straha, ali ga je i dalje držao za košulju. Mihail je bio nizak ali širok. Njegove oči su se stisnule prodorno gledajući Davida. Onda je rekao na svom engleskom, s teškim ruskim naglaskom, riječi koje su mu se urezale u pamćenje.

Mali, poklonjen ti je život, a ti ga ne čuvaš. Tako malo treba, a da život pukne kao šibica koju više ništa ne može sastaviti. Ako ostaneš s jedne strane slomljenog drvca, život ti je suha pustinja kao meni. Ako si se našao s druge, ili se sam zapališ – ili te zapale. Pazi na svaki svoj korak, mali, ako ti je život drag! I bježi sad!

"Čini se da ga nisi poslušao."

"Jesam. Pitanje je samo, kako je rekao Mihail, koliko ti je život drag. Tebi, naprimjer, baš i nije. Pogledaj onaj crijep na koji si nagazio kad si se popeo ovdje. Samo je milimetar nedostajao da padneš dolje. Djed je u pravu: još uvijek tražiš taj metak."

"Nekada je taj crijep bio čvrst. Ili sam ja bio lakši. Prevario sam se, ali sam opet imao sreće, ako se to može nazvati srećom. Lako je za mene, ali šta ti tražiš ovdje gore?"

"Pitam se šta imam sa svima vama koji ste mi poklonili ovaj život s kojim ne znam šta da radim."

"I zbog toga se režeš?" Igor ga je sada gledao prodorno. Nije bio siguran da li je doista bio pravi trenutak. Sada nije bilo povratka. David je spustio rukave i slegnuo ramenima. Zašutio je. Igor se uplašio da je rekao pogrešnu stvar. Dok David nije gledao, polako je ustao i tražio oslonac kako bi skočio na njega, ako David krene i centimetar dalje.

Nije. Sjeo je. Još uvijek je bio na rubu. Okrenuo se prema Igoru.

"Ne radim to više."

"Zašto si to radio prije?"

"Odrastao sam imajući sve. Upisivali su me u najbolje škole. Privatne, naravno. Jahanje. Francuski. Mala škola glume. Violina. Morao sam biti najbolji. Morao sam zadovoljiti njihovu ambiciju. Oni su došli iz rata, bez ičega, i vidi ih sada, profesor i glavna bibliotekarka! Northwestern University, hej! Ni jednom nisu pomislili da ih gledam, da znam svaki njihov pokret, reakciju, pogled. I tu šutnju o prošlosti i te, sada znam, brižljivo ispričane priče tako da u njima nema ni tebe ni Borisa. I oni su sve to vrijeme mislili da sve rade kako treba i, kroz sve te napore, prestali su se baviti mnome. Jer nisu znali šta da rade sa sobom. Svatko na svoj način. Helena je ostajala po cijele dane u knjižnici gdje je neumorno sortirala afričku kolekciju. Vladimir se dokazivao, svaki dan iznova. Sada znam da sam bio pokazatelj njegovog uspjeha, potvrda da je odluka da uđe u taj konvoj ipak bila ispravna. Kada su konačno shvatili da se taj briljantni klinac reže po rukama, učinili su ono što se radi u takvim situacijama u Americi i odveli me psihijatru. Dao mi je razne pilule i poslao na terapiju. Morali smo ići zajedno."

David nikada neće zaboraviti Vladimirovu reakciju na pitanje terapeutkinje da li je možda činjenica što su imigranti iz zemlje koja je bila zahvaćena ratom u pozadini Davidove tjeskobe, ljutnje, zbunjenosti i frustracija koje iskazuje kroz samopovređivanje.

"Imigranti?" ponovio je Vladimir u čudu i okrenuo se teatralno oko sebe kao da se pita da li je komentar možda upućen nekom drugom. "Mi? Imigranti?"

"Vi ste imigrirali u ovu zemlji, zar ne, gospodine?" psihijatrica je pokušavala utvrditi činjenice.

"Da, ja sam došao u ovu zemlju, ali niti ja niti moj sin nismo *imigranti*."

"Kako to mislite?"

"Dozvolite da vam objasnim."

"Izvolite."

"Vidite, imigranti su oni ljudi koji dođu u ovu zemlju bez želje da se promijene i bez želje da prestanu biti imigranti. Imigranti se naseljavaju u dijelove grada gdje žive isti takvi imigranti iz njihove zemlje ili regije. Kod imigranta kupujete tzv. etničku hranu iz njihove usrane zemlje iz koje su jedva čekali da pobjegnu. Unatoč tome, on odlazi u crkve, džamije i hramove da bi bio sa svojima, ljudima iz iste grupe, vjere, nacije; s onima koji govore njegov jezik. Imigrant uči svoju djecu da im je domovina negdje drugdje i sanja o tome da se *tamo* vrati kada konačno *ovdje* dočeka penziju."

"Ne mogu reći da vas razumijem, gospodine. Ne vidim ništa loše u tome."

"To nije pitanje lošeg ili dobrog. Dozvolite da nastavim."

"Slobodno."

"Dakle, on je ponosan na svoje porijeklo. On koristi crticu kada opisuje kakva je vrsta Amerikanca. On slavi praznike te daleke i njemu sve manje razumljive zemlje. Vidite, to je imigrant. Upravo sve što mi *nismo* kao građani ove zemlje koji su, kao što ispravno kažete, došli u ovu zemlju, kao i mnogi drugi Amerikanci, uostalom. Naš sin je američki građanin rođen u Chicagu. Zato je vaše pitanje upućeno na pogrešnu adresu. Odgovor je jednostavan: ne, David se nije samopovrećivao zbog činjenice da su mu roditelji došli u ovu zemlju zbog rata u svojoj zemlji, jer on od nas nije dobio imigrantsko porijeklo niti ima bilo što sa zemljom iz koje smo potekli. Jednostavno, ni on ni mi nismo imigranti."

"Možda sam krivo postavila pitanje. U sličnim situacijama to se pokazuje kao problem."

"U kojim sličnim situacijama?" prekinuo ju je Vladimir. "Nema slične situacije. Bavite se ovom situacijom ovdje."

"U redu", rekla je uznemireno. "Bavit ćemo se *Davidovom* situacijom."

"Tako je! Drago mi je da smo otklonili nesporazum." David se smijao.

"Tako joj je rekao?" upitao je Igor.

"Da, tim riječima. Nekoliko mjeseci poslije, nakon te *Davidove situacije* koju je prepustio tabletama i povremenoj terapiji, počeli su problemi na poslu. Helena je odlučila da se vratimo. Nismo joj se mogli oduprijeti."

"To je prilično teško, kao što znaš."

"Odlučila je čak da i tebe pozove, vidiš. Sve je režirala. Znala je da ćeš doći. Odlučila je da mi tako sve ono što mi nije rekla cijeli život saspe niz grlo, u jednom cugu, u jednoj noći! I sad mi je jasno zašto su lagali."

Ponovo je ustao i nervozno cupkao po rubu. Igor se opet pripremio da skoči na njega.

"Vidio sam vas, dolje, u parku."

"Čekali smo na taj razgovor dvadeset i pet godina. Ne znam kako je to izgledalo odavde, ali..."

"Izgledalo je... kao više od razgovora."

David se okrenuo prema njemu. Pete su mu prelazile rub.

"Tvoja me majka moli da priječem preko svega i bratu budem brat, njoj prijatelj, a tebi stric."

"I ti ćeš to učiniti?"

"Ne znam što ću učiniti. Nemam pojma. Ne znam više ništa. Ni tko sam, ni šta radim, ni kamo da idem."

"Ni ti?"

Nasmiješili su se jedan drugom. Dobar znak.

"Jedino što je sigurno jest da sam s tobom na krovu s kojeg možemo pasti u bilo kojem trenutku."

"Ili skočiti?"

"Da, imamo i tu opciju, u pravu si. Ali prije nego što bilo što odlučimo, imam nešto za tebe." Izvadio je komade makovnjače iz prednjeg džepa. "Šalje ti baka."

David se obradovao. Približio se Igoru i uzeo komad kolača. Sjeo je pored njega. Jeli su u tišini, mljackali, i tiho se smijali.

"Tvoji te roditelji jako vole. Tvoj otac..."

"On je kreten", David je odbrusio, namrgođen.

"Ne govori tako."

"Pitao sam se tko će se popeti gore. Znao sam da ćeš to biti ti. Ne on."

"Griješiš. Ne znaš ništa o njemu."

"Zašto se ukrcao u taj konvoj onda?"

"Da se nije ukrcao, ne bi te bilo."

"Možda bi bilo bolje da me nije bilo."

Igor je ustao. Pokušao je naći čvrst oslonac. Plavičasta pruga pojavila se na istoku. Gledao je sada taj grad koji je bio grobnica njihove prošlosti. Nisu je se mogli otresti, kao ni tog grada. Ta prošlost, iako zakopana, i dalje je pružala svoje pipke u sadašnjost, hvatala svu tu rasutu djecu jednog vremena i vraćala ih na ishodište. I djecu te djece.

Zato je poželio govoriti Davidu o toj prošlosti, o tome da je Vladimir uvijek pazio na sve njih. Zahvaljujući njemu Igor je mogao biti razmaženi dječak, izazivati svijet oko sebe, pomjerati granice dozvoljenog, preskakati ih i uživati u popustljivosti i naklonosti drugih. Imao je starijeg brata koji bi uvijek uskakao za njega, u školi, kod roditelja, na ulici, u tuči, u pijanstvima i dugovima, pa i čak i tada kad se tih nepromišljenih osamdesetih zakačio na heroin.

"Nisam rezao ruku kao ti. Ubadao sam se u nju."

Vladimir ga je našao predoziranog u kupaonici. Samim čudom, došao je na vrijeme. Pozvao je hitnu pomoć. Vladimir i on sutradan su se zaputili na otok.

Roditeljima su rekli da idu pripremati ispite i da ih ostave na miru. Tamo ga je Vladimir spasio. Vratio u život.

Vladimir je uvijek bio tu, kao sigurnosna mreža koja ga je svaki put hvatala u svoje spasonosne niti, pri svakom padu. Tako je bilo i svih ovih godina. Igor je znao da će se Vladimir brinuti o roditeljima. Još jednom mu je stariji brat dao priliku da bude odmetnuti sin. Jer je znao da će im Vladimir slati novac, da će se brinuti da budu dobro, da će plaćati doktore, da će ih redovito zvati. Uvijek je bio tu. Za njega i Borisa.

"Od rata nas nije mogao zaštititi. U ratu nitko nikome ne može biti stariji brat. Zato je otišao."

"Kukavica."

"Znaš, u jednom filmu, ne sjećam se više kojem, čuo sam nešto zanimljivo o očevima i djeci. Glavni lik, sada čovjek u mojim godinama, kaže: 'Kada si još dječak, misliš, *moj otac je najjači na svijetu!* Obožavaš ga. Onda s jedanaest-dvanaest godina prvi put pomisliš *Dobro, možda baš i nije najjači.* Potom ubrzo znaš da definitivno nije ni približno najjači. Sa sedamnaest kažeš, kao i ti, kao i ja nekada, *moj otac je totalni kreten.* Međutim, iza dvadeset i neke, već misliš, *pa možda baš i nije toliki kreten.* A onda, jednom kada pријеđeš četrdesetu, reći ćeš, *e, da mi je sada tu moj otac!*'"

Nasmijali su se i zašutjeli.

"Pa, tu je, zar ne?"

"Tko?"

"Tvoj otac."

Igor je kimao glavom gledajući grad oko sebe. Uzdahnuo je.

"Da, tu je moj otac. A i tvoj, također."

"I tvoja majka."

"I tvoja, također."

Opet su se nasmijali.

"Hajdemo dolje, već sviće."

"Hajdemo dolje... striče."

"Jedini je problem što sam nakon svih ovih godina zaboravio kako se spustiti odavde."

"Samo me prati. I, ne zaboravi što je rekao Mihail, pazi na svaki svoj korak. Ako ti je život drag."

Polako su se spuštali. Igor je pratio svaki Davidov potez. Plavetnilo se raširilo nebom. Utrnula su ulična svjetla.

Digestiv

David je spretno doskočio na balkon, a potom Igoru pomogao da i sam siđe. Nadia, Klement, Helena i Vladimir stajali su oko njih i dalje uplašeni, ne progovarajući.

"Oprosti", Helena je konačno rekla i ispružila ruku prema Davidu. Pomilovala ga je po ramenu. Bojala se da ga zagrli. "Oprosti nam."

"Ulazite unutra. Kako smo se samo prepali!" uzviknula je Nadia gurajući ih sve u stan.

"Ma nisam se ja uplašio za Davida. Već za Igora. Već je u godinama", dobacio je Klement. Dotakao je Igora blago po ramenu i potom ga zagrlio. U prvi mah Igor se ukočio, a onda se polako opustio u očevom zagrljaju. I sam je digao ruke i stisnuo ih oko oca. Učinio mu se krhkim, kao da su mu ti mekani mišići i mršavost, to skupljanje nekada snažnog tijela podastrli konačan dokaz da je otac doista ostario, da se i ta stijena urušila i da je uskoro više ni neće biti. Igor ga je privinuo na svoja prsa, čvrsto. Klement se nije opirao. Pomislio je kako ga je Igor posljednji put ovako zagrlio kada je imao četrnaest godina. Poslije su zagrljaji nestali. A onda je i sam nestao. Sve do noćas.

"Evo, nešto da se okrijepimo!"

Vladimir je donio viski i dvije čaše.

"Helena, molim te, čaše!"

"Stižem!" uzviknula je i otrčala u kuhinju.

"Hvala ti", Vladimir je rekao Igoru dajući mu čašu.

"Hvala tebi", odgovorio je Igor. Na Vladimirov zbunjeni pogled, dižući čašu, dobacio je, "Na ovakvom nećaku!" Nasmiješili su se jedan drugom.

"Davide, evo i za tebe", Vladimir mu je gurnuo čašu u ruke usprkos Davidovom hinjenom odupiranju. "Hajde, hajde. Nije ovo Amerika, ali to već dobro znaš."

"Ne, ovo definitivno nije Amerika", rekao je David rado uzimajući piće.

Helena je donijela čaše. Vladimir im je točio viski.

"Samo sipaj", napomenula mu je Helena gurnuvši mu svoju čašu. "Ne štedi."

"E pa, živjeli!" uzviknuo je Igor.

"Živjeli!"

Digli su čaše u zrak i kucali se. Klement je odšetao do komode s koje ga je gledao njegov otac, zaustavljen jednog popodneva 1914. godine, nešto prije prvog puta na Istok.

"Mog oca odavno nema, ali ove oči naslikane prije stotinu godina, ove oči pune očekivanja i strepnji... su još žive. Gledale su cijelo stoljeće i išle za nama kao opomena ili prokletstvo. Vidjele su te oči kako odvode jednog starijeg, uplašenog Oskara... i vidjele su ovaj grad, vaše odrastanje, tvoj dolazak, Helena, u ovu kuću, pa novi rat, vaš odlazak..."

"...i naš povratak", dodao je Igor.

"A i Davidov dolazak!" zaključila je Nadia.

"U to ime!" uzviknuo je Vladimir.

Podigli su čaše još jednom. Nakon gutljaja, začuli su se uzdasi olakšanja i umora. Klement se obrušio na trosjed. Ispružio se. Nadia je sjela uz njegove noge. Igor se stropoštao u jednu fotelju, a Vladimir u drugu. Helena je sjela na pod, kod Nadijinih nogu. Nadia ju je pogladila po razbarušenoj kosi. David je ostao stajati uz komodu, pored Oskarove slike. Lagano je pio svoj viski. Pogledao je tu sliku još jednom i dignuo čašu nazdravljajući vojniku o kojem je toliko čuo večeras, i na kojeg je, na zaprepaštenje je otkrio, pomalo i ličio.

Prve zrake su se odjednom probile i ispunile stan blještavim svjetlom. Zatvorili su oči i uživali u zori.

David je pomislio na jato selica koje su se, nakon tisuća i tisuća milja puta, konačno domogle svog cilja gdje ih je, desetkovane, ostarjele, ranjene i očerupane, čekala jedina nagrada za sav taj život. Toplina sunca na mjestu odredišta.

Igor Štiks (Sarajevo, 1977.) Piše književnu, publicističku i akademsku prozu, kao i dramske tekstove i poeziju. Objavio je dva nagrađivana romana, *Dvorac u Romagni* (2000.) i *Elijahova stolica* (2006.), koja su do danas prevedena na petnaest jezika. U beogradskom Jugoslovenskom dramskom pozorištu predstava *Elijahova stolica*, u režiji Borisa Liješevića, osvojila je Grand Prix BITEF-a 2011. Liješević je 2015. na scenu Sarajevskog ratnog teatra postavio njegov prvi dramski tekst *Brašno u venama*, koji je na međunarodnom festivalu MESS i na Festivalu kazališta BiH dobio nagradu za najbolji tekst. Isti je redatelj 2017. postavio i novu dramu *Zrenjanin* u Narodnom pozorištu "Toša Jovanović" u Zrenjaninu.

Londonski Bloomsbury mu je 2015. objavio studiju *Nations and Citizens in Yugoslavia and the Post-Yugoslav States: One Hundred Years of Citizenship* koju je na hrvatskom jeziku objavila Fraktura pod naslovom *Državljanin, građanin, stranac, neprijatelj: jedna povijest*

Jugoslavije i postjugoslavenskih država (2016). S Jo Shaw uredio je zbornike *Citizenship after Yugoslavia* (Routledge, 2012.) i *Citizenship Rights* (Ashgate, 2013.). Sa Srećkom Horvatom objavio je esej *Pravo na pobunu* (Fraktura, 2010.) i uredio zbornik *Dobro došli u pustinju postsocijalizma* (englesko izdanje Verso, 2015.; Fraktura, 2015.). U izdanju Frakture objavljena mu je i knjiga pjesama *Povijest poplave* (2008.). Za svoj književni i javni rad dobio je francusko odlikovanje Vitez umjetnosti i književnosti.

Sadržaj

Knjiga je objavljena uz financijsku potporu
Ministarstva kulture Republike Hrvatske.

Knjiga je objavljena uz potporu Grada Zagreba.

Grad Zagreb

Nakladnik Fraktura, Zaprešić

Za nakladnika Sibila Serdarević

Urednik Seid Serdarević

Lektura i korektura Lidija Vešligaj

Prijelom Maja Glušić

Dizajn naslovnice Vedran Klemens

Godina izdanja 2017., kolovoz

Tisak Znanje, Zagreb

ISBN 978-953-266-891-9

Certifikat sustava upravljanja kvalitetom u skladu
sa zahtjevima norme DIN EN ISO 9001:2015

www.fraktura.hr   fraktura@fraktura.hr
T: +385 1 335 78 63   F: +385 1 335 83 20

nazovi s
mobitela
∗335

Igor Štiks
Državljanin, građanin, stranac, neprijatelj

preveli s engleskog Hana Dvornik i Srđan Dvornik
352 stranice

Na prostorima nekadašnje Jugoslavije u posljednjih sto godina dogodile su se višestruke promjene, nastajale su i nestajale države i politički sistemi, događali su se brojni ratovi i prevrati, povijest je nemilice marširala ulicama razdvajajući obitelji i tražeći od pojedinca da joj se povinuje ili suprotstavi. O jednoj takvoj povijesti piše Igor Štiks u svojoj kapitalnoj knjizi *Državljanin, građanin, stranac, neprijatelj*. Nastala kao plod dugogodišnjeg bavljenja temama državljanstva i građanstva na doktorskim i postdoktorskim studijima, niza predavanja i referata te iznimnoga terenskog rada, ova knjiga kao nijedna do sada propituje pravo pojedinca i njegovu ulogu unutar države.

Štiks iz pojma državljanina i građanina razvija i dokazuje tezu o mijenama političkih sistema i zajednica te koliko su i kako utjecali na poziciju i život pojedinca. Odgovara na pitanja što uopće znači biti državljanin, biti uključen ili pak isključen, kako se osjećati u poziciji građanina i što se događa kada se ona mijenja u onu stranca ili pak neprijatelja. Knjiga *Državljanin, građanin, stranac, neprijatelj* povijesna je, kulturološka i sociološka, ali prije svega politička studija koja pokazuje koliko su krhki identiteti, kako se lako stvaraju i grade novi te koliko je pitanje državljanstva i građanstva važno i danas.

Potražite na www.fraktura.hr
+385 1 335 78 63, prodaja@fraktura.hr